내가 제일 잘 나가는 재벌이다

봉황송 현대판타지 장편소설

내가 제일 잘나가는 재벌이다 3

초판 1쇄 발행 2023년 12월 18일

지은이 ㅣ 봉황송
발행인 ㅣ 최원영
편집장 ㅣ 이호준
편집디자인 ㅣ 한방울
영업 ㅣ 김민원

펴낸곳 ㅣ ㈜ 디앤씨미디어
등록 ㅣ 2002년 4월 25일 제20-260호
주소 ㅣ 서울시 구로구 디지털로 26길 111 JnK디지털타워 503호
전화 ㅣ 02-333-2513(대표)
팩시밀리 ㅣ 02-333-2514
E-mail ㅣ papy_dnc@dncmedia.co.kr
블로그 ㅣ blog.naver.com/gnpdl7

ISBN 979-11-364-5048-7 04810
ISBN 979-11-364-4879-8 (SET)

※ 저자와 협의하여 인지는 붙이지 않습니다.
※ 이 책은 ㈜ 디앤씨미디어(파피루스)가 저작권자와의 계약에 따라 발행한 것으로 본사와 저자의 허락 없이는 어떠한 형태나 수단으로도 내용을 이용할 수 없습니다.

내가 제일 잘 나가는 재벌이다 3

봉황송 현대판타지 장편소설

제1장. 직원 채용 ············ 7

제2장. 버전 2 ············ 33

제3장. 성분 분석 ············ 61

제4장. 부작용 ············ 87

제5장. 진남호 ············ 113

제6장. 화해 ············ 139

제7장. 덴마크 ············ 165

제8장. SF목장 ············ 193

제9장. 기공식 ············ 219

제10장. 초상화 ············ 245

제11장. SF유리 ············ 271

제12장. SF우유 ············ 297

제1장.

직원 채용

직원 채용

　용산 후암동 238-1번지.
　스카이 포레스트의 일대가 조금씩 좋은 방향으로 바뀌고 있었다.
　진흙탕 길에 보도블록이 깔리면서 말끔한 모습으로 탈바꿈하고 있었다.
　"네? 정말요?"
　"말도 안 돼. 여기를 포장하려면 한두 푼이 들어가는 게 아닌데……."
　"왜 이런 말도 안 되는 일을 벌인답니까?"
　"돈이 남아돌아서 길거리에 버리는 거 아닙니까?"
　그냥 믿기에는 너무나도 충격적인 일이다.
　모두가 이용할 수 있는 인도 포장 공사 비용을 왜 개인이 지불해야 하는데?

언뜻 생각하면 돈을 그냥 버리는 일처럼 보일 수도 있었다.

개인이 용산 일대에서 행하는 최대 규모의 공공사업 성격을 띤 작업이었다.

"따뜻한 밥 먹고 실없는 소리 할 일 있나. 사실을 이야기해도 납득 못 하면 어쩌라는 소리인지 모르겠소. 못 믿겠으면 다른 사람에게 물어보쇼. 아! 저기 스카이 포레스트 사장님이 있으니 직접 물어봐도 되겠네."

작업 인부가 차준후를 손가락으로 가리켰다.

팍팍팍!

열심히 삽질하는 차준후의 모습은 영락없이 한 명의 작업 인부였다.

입가에 미소를 지은 채 땀을 뻘뻘 흘리고 있었다.

"일 잘하시네요. 힘들지 않나요?"

"작업 인부들이 잘해 줘서 괜찮습니다."

차준후가 웃으며 답했다.

몸은 힘들었지만 정신은 상쾌해졌다.

점점 익숙해져 가는 삽질은 작업 인부들한테 호평을 받았다.

차준후가 한 명의 작업 인부의 몫을 꿋꿋하게 해 나갔다.

힘든 중노동에 시달리면서도 작업 인부들과 친불을 쌓아 가면서 재미있게 일했다.
 1960년대를 살아가는 사람들과 보다 친숙해진 느낌을 받았다.
 "저 젊은 사람이 사장이었어요? 처음 본다."
 차준후를 본 사람이 깜짝 놀랐다.
 "와! 저 사장이 진짜로 인도를 포장하고 있는 거라고? 돈이 넘쳐 나는구나."
 "믿기 힘들지 않아? 이게 한두 푼 들어가는 일도 아니고 말이야."
 행인들이 마구 떠들어 댔다.
 그들은 스카이 포레스트를 창업한 차준후에 대해서 궁금한 것이 많았다.
 창업한 지 얼마 되지도 않았는데, 회사가 전국적으로 유명해졌고, 무엇보다 직원들의 복지 혜택이 대단했다.
 그 모든 걸 일궈 낸 사람이 바로 차준후이다.
 그런 유명한 사람의 갑작스런 인도 포장 작업을 하니, 도무지 이해할 수 없었다.
 "아! 공장과 접한 인도만 포장하고 있는 게 보이지요. 용산구청에서 했으면 양쪽 인도를 모두 했을 거요. 스카이 포레스트에서 의뢰했기에 한쪽 인도에만 포장 작업을 하는 거란 걸 알아 두쇼."

작업 인부의 추가 설명이 이어졌다.

듣고 보니 맞는 말이다.

보통 인도를 작업할 때는 한 쪽이 아닌 시간차를 두고서 양쪽 모두에서 공사가 진행된다. 오가는 사람들을 배려해서 시간차를 두더라도 미리 보도블록이나 모래 등을 쌓아 둔다.

그런데 아무리 살펴봐도 스카이 포레스트와 인접한 길거리만 포장 작업이 이뤄졌다.

반대쪽 인도는 여전히 진흙탕이었다.

"공장이 잘 돌아간다고 하더니 길거리를 포장할 정도였구나."

"그걸 떠나서 사람들을 생각하는 사장이라는 거지. 돈 많이 번다고 하나? 우리 사장은 어찌나 짠돌인지. 어휴, 말도 마."

지나가던 행인들이 구슬땀을 흘리며 삽질하고 있는 차준후를 살폈다.

저 모습이 어디가 사장인가.

그저 노가다를 열심히 뛰는 청년처럼 보였다.

다만 곱상한 얼굴 생김새와 햇볕에 그을리지 않은 새하얀 피부가 다른 작업자들과 이질적이었다.

"이야! 스카이 포레스트 사장은 땀 흘리며 직접 일하는구나. 정말 다른 사장들과 다르다."

"직원들을 위해 돈을 펑펑 쓴다고 하더니, 정말 난 사람이군요."

"미쳤다. 미쳤어. 정말 좋은 쪽으로 미친 사장이야. 진짜 모시고 싶은 사장이다. 우리 공장 사장은 짠돌이에 맨날 밤늦게까지 혹사만 시키고 있는데."

사람들이 차준후를 보면서 칭찬했다.

'손발이 오그라드는 느낌이네.'

들려오는 이야기들에 차준후는 기분이 좋으면서도 약간은 겸연쩍었다.

몸이 조금 찌뿌듯해서 땀 흘리며 일하고 싶었을 뿐인데.

그게 주변 사람들에게는 더할 나위 없이 훌륭한 품격을 가진 사장처럼 내비쳤다.

사람들에게 오해를 잔뜩 불러일으키는 차준후였다.

주변에서 뭐라고 떠들고 느끼던 차준후가 쉴 새 없이 몸을 움직였다.

보도블록 나르고, 모래 나르고, 벽돌 끼워 넣고 하는 과정들을 서투른 손길이지만 작업 인부들과 함께 일사불란하게 이어 나갔다.

"아! 나도 한 손 거들어야겠다."

"맞아. 우리 집 근처 인도를 포장하는 거잖아. 가난해서 돈은 못 내도 인력은 보태야지."

직원 채용 〈13〉

"함께합시다."

지나가거나 구경하고 있던 행인들이 기꺼이 작업에 동참했다.

처음에 소수의 몇 명이 작업에 합류했다.

그러자 순식간에 고무된 수십 명의 사람들이 작업 인부들과 함께 달라붙었다.

"이야! 진짜 새마을운동이 됐네."

작업 현장을 둘러본 차준후가 중얼거렸다.

백호벽돌에서 온 작업 인부들보다 새롭게 합류한 사람들의 머릿수가 더 많아 보였다.

새마을운동이 강조한 협동 정신으로 똘똘 뭉친 사람들이었다.

도시 환경 정비 작업은 활기차게 이뤄졌다.

낙후되어 있던 용산의 좁은 인도가 사람들의 손길이 깃들 때마다 조금씩 바뀌어 갔다.

"새마을운동이요? 사장님이 진행하는 사회활동 이름이군요. 마을을 새롭게 만드는 운동이라, 참으로 어울립니다."

작업소장 송영중이 함박웃음을 지으며 다가섰다.

"그게 아니라……."

차준후가 얼굴을 굳혔다.

눈에 들어오는 광경을 그냥 편하게 말한다는 것이 새마

을운동이란 단어가 튀어나오고 말았다.

그와 비서 종운지만 알던 새마을운동이란 비밀스런 명칭이 세상 밖으로 나온 것이다.

"아! 민망해하지 않으셔도 됩니다. 저는 개인적으로 이런 사회 기부 활동을 많은 사람들이 알아야 한다고 생각합니다."

"아!"

탄성을 터트린 차준후는 알아차렸다.

'새마을운동이 쫙 퍼져 나가겠구나.'

그의 귓가에 사람들의 대화가 들려왔다.

"새마을운동이래."

"이야! 이름도 멋있다."

"끝내준다. 새마을운동이란 이름까지 있는 걸로 봐서 계속하실 생각인가 봐."

새마을운동이란 말 한마디가 송영중의 입을 거치면서 일파만파 퍼져 나갔다.

인도 포장 작업에 점점 더 많은 사람들이 몰려들었다.

소문이 퍼지면서 집에서 놀고 있던 사람들까지 합류하고 있었다.

"제가 여태까지 수많은 작업 현장에서 일을 해 봤지만 이런 경험은 처음입니다. 수많은 사람들이 자발적으로 참여하다니요. 사람들을 위하는 사장님의 마음이 불러온 놀라운 기적입니다."

"아하하하!"

차준후가 웃었다.

의도치 않게 일이 커졌지만 기분이 좋았다.

스스로 열정적으로 일하는 사람들을 보면서 전율했다.

축제!

즐겁게 일하고 있는 사람들에게서 도전과 열정이 빛나고 있었다.

'이거지! 바로 이거다. 노력하며 사는 사람은 보통 사람 몇 배의 일을 해낼 수 있어.'

무척 설렜다.

처음 본 사람들끼리도 웃으며 함께 즐길 수 있는 순박한 시절이다.

옆집 사람과도 인사하지 않고 지내던 각박한 21세기가 아니다.

낙후된 1960년대의 진흙탕 길이 사람들의 손길과 함께 말끔하게 변화하고 있었다.

그 모습에서 차준후는 희망을 발견했다.

'할 수 있어. 나와 함께 하는 사람들에게 기회를 줄 수 있어.'

차준후는 가난 한 대한민국과 사람들의 삶을 바꿔 나가고 싶었다.

물론 자신이 제공할 수 있는 건, 작은 기회의 씨앗이었으나.

 그 씨앗이 발아해서 제대로 꽃피울 수 있느냐는 전부 개인에게 달려 있었다.

 "가자! 달리자."

 차준후가 신바람을 냈다.

 언덕길 초입과 스카이 포레스트 정문 두 군데에서 인도 포장 작업이 이뤄졌다.

 위와 아래에서 작업 인부들과 새롭게 합류한 사람들이 둘로 나뉘어서 작업했다. 두 곳에서 일하는 작업자들이 중간에서 만나려 하고 있었다.

 합류한 많은 사람들로 인해 어느덧 인도 포장 작업이 끝을 보이고 있었다.

 "마무리를 잘합시다."

 "힘냅시다."

 "회식이 우리를 기다리고 있다."

 처음에 비해 다소 힘이 빠졌던 작업 인부들이 빡세게 보도블록 깔아갔다.

 "자! 시마이합시다."

 "작업반장님, 좋은 우리말 놔두고 왜 일본말을 씁니까? 일본말을 내쫓고 우리말을 사용해야지요."

 차준후가 슬며시 조언했다.

과거로 돌아온 만큼, 사람들의 입에 붙은 일본어들을 바꿀 필요가 있었다.

"아! 그런가요. 노가다 판에서 하던 말을 무심코 하고 말았네요. 앞으로 끝냅시다라고 해야겠습니다. 마무리 작업으로 보도블록 위에 모래를 뿌려 주면서 끝냅시다."

송영중이 잘못을 곧바로 시정했다.

일본이라면 치를 떨었는데, 자신도 모르게 일본어를 사용했다는 사실을 부끄러워했다.

"앞으로 사용하지 않으면 됩니다."

차준후가 작업 인부들을 따라 보도블록 위에 모래를 뿌려 줬다.

보도블록 위에서 반짝거리는 모래 모습이 마치 보석과도 같았다.

뿌듯했다.

언덕길 초입부터 스카에 포레스트 공장 건물 입구까지 이어진 모노블록이 반짝거렸다.

"일 끝났습니다. 오늘 하루 수고하셨습니다."

송영중이 작업 끝을 알렸다.

"고생하셨소."

"오늘도 아무 사고 없이 끝나서 좋네요."

"신나게 달리다 보니 작업이 너무 일찍 끝났는데요."

작업 인부들이 열정적으로 일하다 보니 예정됐던 시간

보다 일찍 끝났다.

손목시계를 보니 아직 저녁 6시가 되지 않았다.

4시가 약간 넘은 시간이다.

"일찍 끝났으면 좋은 거지요. 지금부터 먹고 즐길 수 있는 시간이 더 많다는 소리지 않겠습니까."

차준후가 목청을 높였다.

"와아아! 듣던 중 반가운 소리입니다."

"여기 사장님이 일 끝나고 놀 줄 아는구먼."

"화장품 만들지 말고 우리랑 같이 일하러 다닙시다."

"예끼! 이 사람아. 그런 소리 하지 마. 저분은 큰일을 해야 하시는 분이야. 막노동하는 우리랑 다른 분이야."

"네. 알고 있습니다. 그냥 너무 좋아서 한 말이라고요."

작업 인부들이 시끌시끌했다.

열심히 일했으니 이제 배불리 고기를 먹어 줘야 하는 시간이다.

"여기서 조금 아래로 내려가면 족발집이 있습니다. 족발과 수육, 막국수를 아주 기가 막히게 하는 맛있는 음식점입니다. 특히 몸에서 빠져나간 수분을 채워 줄 쌀 막걸리가 아주 환상적입니다. 모두 가시죠."

"사장님, 저분들은 어떻게 해야 하나요?"

"작업에 함께한 분 모두 가자고 말했잖아요. 한 분도 빠지지 말고 갑시다. 오늘 배 터지게 먹을 수 있게 해 드리겠습니다."

"와아아! 사장님, 최고입니다."

"감사합니다."

"잘 먹겠습니다."

차준후가 작업에 합류한 모든 사람들을 이끌고 족발집으로 향했다.

기분 좋게 땀을 흘리고 났더니 입맛이 돌았다.

맛있는 족발과 함께 시원한 막걸리 한 잔 들이켜면 끝내줄 것만 같았다.

그때였다.

"사장님, 덴마크 대사관에서 전화가 왔어요."

숨을 헐떡거리며 달려온 종운지가 차준후에게 보고했다.

"아! 죄송한데, 족발집은 먼저 가셔야겠네요. 전화를 해놓을 테니까, 제 이름을 대고서 마음껏 드시면 됩니다."

차준후가 송영중에게 양해를 구했다.

"바쁘신 분인데 이해하고 말고요. 저희와 함께 작업해주신 것만 해도 영광스러운 일이었습니다. 저희는 신경 쓰지 말고 빨리 가셔서 일을 보세요."

송영중이 웃으며 말했다.

"그럼 잠시 후에 뵙겠습니다. 먼저 드시고 계세요."

차준후가 꼭 족발집에 가겠다고 알렸다.

목에 시원한 막걸리를 기필코 넣고야 말겠다.

오늘 육체노동을 하며 흘린 구슬땀의 진가는 바로 거기에 있었다!

"아, 예. 그럼 많이 주문해 놓고 기다리겠습니다."

송영중이 인부들을 이끌고 족발집으로 향했다.

* * *

사장실로 돌아온 차준후가 전화기를 들었다.

"덴마크 대사관 부탁합니다."

- 덴마크 대사관입니다. 무엇을 도와드릴까요?

"스카이 포레스트 사장 차준후입니다. 찾았다고 들었습니다.

- 아! 본국에서 연락이 왔습니다. 바로 대사님을 연결해 드릴 테니 잠시만 기다려 주십시오.

뚜루루루! 뚜루루!

울리던 신호음이 멈췄다.

- 덴마크 대사 알버트 요한입니다.

"차준후입니다."

- 오랜만이외다.

"네.

― 본국에서 스카이 포레스트에 낙농차관을 대겠다고 합니다.

"좋은 소식이네요."

기다리던 소식에 차준후가 씩 웃었다.

"그럼 내일 대사관으로 찾아뵙겠습니다."

― 기다리겠소.

전화를 끊었다.

해외 한 번 나가기 참 힘든 시기였다.

돈이 있다고 해서 공항에 가서 비행기표 발권을 할 수가 없었다.

정부에 허락을 구해야만 해외에 나가는 게 가능했다.

그리고 아직도 정부 부처에 허락받아야 할 사항이 남아있었다.

참으로 규제가 많은 1960년대였다.

"화장품 하나 제대로 만들기 참 힘들다."

원하는 화장품을 만들기 위해서 해외로 나가야 했다.

* * *

스카이 포레스트가 나날이 성장함에 따라 추가적으로 직원을 채용할 필요가 있었다.

지원자가 많을 거로 예상되었기에 택시를 타고 출근하

면서 각오를 다졌다.

평소 아침 잔업 때문에 7시에 출근했지만 오늘은 10시에 채용을 보기로 예정됐다.

그래서 평소보다 늦어도 괜찮았다.

아침의 한 시간은 다른 시간들보다 특별하다.

그가 택시를 타고 여유롭게 8시에 맞춰서 회사로 가고 있었다.

'얼마나 많은 사람들이 올까?'

준비를 해 뒀다.

오늘 하루 스카이 포레스트의 모든 직원이 하루 일과를 내려놓기로 했다.

직원들이 모두 동원되지 않으면 신규직원 채용이 불가능할 정도로 많은 사람들이 몰릴 거라 예상됐기 때문이었다.

"손님, 택시 진입이 되지 않네요. 도로까지 사람들로 꽉 막혀 있습니다."

"아!"

차준후가 엄청나게 몰린 사람들을 보면서 놀랐다.

인도와 차도를 수많은 사람들이 꽉꽉 채우고 있었다.

저번 직원 채용과는 비교도 되지 않을 정도로 많은 사람들이 모여 있었다.

그것도 직원 채용 시간이 되려면 아직 두 시간이 넘게

남았다.

벌써부터 엄청난 사람들이 몰렸다.

"이 사람들 다 뭡니까? 오늘 스카이 포레스트에서 엄청난 행사라도 하는 겁니까?"

"직원을 신규 채용한다고 들었습니다."

차준후가 구름처럼 모인 사람들에 놀랐다.

만약 미래처럼 인터넷이나 신문 등의 언론매체를 통해 채용 공고를 내보냈으면 얼마나 많은 사람이 몰렸을지 상상도 안 됐다.

정보 전달이 쉽지 않은 시대였다.

입소문을 전해 듣고 스카이 포레스트에 온 사람들은 행운아들이었다.

그리고 그 행운을 지금 또 한 명의 사람이 잡게 됐다.

"아! 그래서 이처럼 많이 몰렸군요. 저도 택시는 잠시 세우고 도전해 봐야겠네요. 좋은 정보 알려 줘서 고맙습니다."

"택시 기사님도 도전하시려고요?"

"당연히 도전해야죠. 스카이 포레스트는 근로자들에게 꿈의 직장입니다. 손님도 그래서 온 거 아닙니까?"

"아! 그 건에 관련해서 온 건 맞습니다. 먼저 내리겠습니다."

"함께 합격해서 만났으면 좋겠네요. 행운을 빕니다."

차준후가 택시비를 내고 내렸다.

택시 기사는 지금 시대에서 대우받는 좋은 직업이었다.

그런 택시 기사들이 지금 택시를 멈춰 세우고 신규 직원에 도전한다는 건 그만큼 스카이 포레스트의 월급과 복지 혜택이 좋다는 뜻이었다.

"지나가겠습니다."

차준후가 인파를 헤치고 앞으로 나아갔다.

"늦게 왔으면 뒤에서 기다리세요."

"비집고 들어오지 마."

사람들이 밀려나지 않고 버티려고 했다.

왠지 익숙하네.

저번에 겪었던 상황이 똑같이 반복되고 있었다.

그때 참 고생했었지.

"스카이 포레스트 직원입니다. 회사에 들어가야 하니 양보 부탁합니다."

차준후가 외쳤다.

사람들이 물러나지 않고 오히려 더욱 접근했다.

"어떻게 하면 직원이 될 수 있어요?"

"정말 월급이 엄청난가요? 잔업수당이 일반 직장 월급보다 많다던데 사실입니까?"

"회사 들어갈 때 저도 데리고 가 주세요."

스카이 포레스트에 대한 사람들의 관심이 엄청났다.
"켁!"
사방에서 밀려드는 사람들에게 차준후가 압박당했다.
빠져나가지 못하고 그대로 고립됐다.
"사장님."
"거기 다들 비키세요. 그분이 스카이 포레스트 사장님입니다."
최우덕과 감홍식을 비롯한 직원들이 사람들을 헤치고 나타났다.
그들이 순식간에 차준후의 주변을 둘러쌌다.
"자! 여러분! 사장님이 회사에 들어가야 신규 직원 채용을 시작할 수 있습니다. 조금씩 옆으로 공간을 터 주세요."
확성기를 든 최우덕이 소리쳤다.
차준후가 직원들의 보호를 받으며 나아갔다.
"직원이라고 하더니 사장님이었구나. 하긴 틀린 말은 아니지. 사장도 직원이니까."
"와! 정말 젊고 멋있는 분이다."
"저토록 젊은 나이에 우리나라를 빛내는 화장품들을 만들어 내셨구나."
차준후의 정체를 알게 된 지원자들이 경외하며 알아서 공간을 만들어 냈다.

꽉꽉 막혀 있던 인파가 양쪽으로 쫙 갈라졌다.

사람들이 갈망 어린 눈빛으로 차준후를 바라보고 있었다.

"회사 문 여세요. 이른 시간부터 이렇게 많은 사람들이 몰렸으면 안으로 들였어야죠."

정문에 가깝게 다가선 차준후가 목소리를 높였다.

아무래도 시키는 일은 잘할지 몰라도 갑작스런 상황에서 유연하게 대응하는 능력은 부족했다.

2020년대에서도 잘되지 않았던 일을 지금 당장 할 순 없겠지만, 그럼에도 답답했다.

자신이 하나부터 열까지 일일이 지시 내릴 순 없지 않는가.

"사고가 날 수도 있었어요. 정문을 열어야 하지 않았나요?"

직원들을 바라보며 하는 차준후의 말에 가시가 잔뜩 곤두섰다.

길이 수많은 사람들로 붐벼서 옴짝달싹하기 힘든데 지켜만 보고 있는 건 바보 같은 짓이었다.

이건 아무리 생각해도 말도 안 되는 일이었다.

차준후는 직원들이 이번 기회를 통해 현장에서 유연하게 대처할 수 있길 바랐다.

"죄, 죄송합니다."

"사고라도 났으면 어떻게 하나요? 사람들이 우리 회사를 어떻게 생각하겠어요?"

"……생각이 미흡했습니다."

최우덕을 비롯한 직원들이 고개를 숙였다.

그들이 생각해도 채용 시간이 될 때까지 계속 사람들이 몰려올 텐데, 이대로 있으면 위험했다.

'그러니까 미리 정문을 개방하자고 했잖아.'

'사장님은 안전을 추구하신다고! 이런 사장님의 성격도 모르는 망할 녀석들아. 영업을 뛰려면 눈치를 잘 살펴야 한단 말이야.'

사실 최우덕과 감홍식은 살짝 억울했다.

그들은 정문을 개방하자고 미리 이야기를 꺼냈지만 직원들 대다수가 차준후가 와야 정문을 개방할 수 있다며 만류했기 때문이었다.

그렇지만 잘못한 건 분명했기에 구태여 변명을 하지 않았다.

사실 이 시기의 대한민국은 산업현장에서 소위 사람들을 갈아 넣어 가면서 일 시켰다.

당연히 인재 사고가 만연했다.

그러나 차준후는 사람 한 명 한 명을 소중하게 대했고, 절대 인명사고가 발생하지 않았으면 했다. 그렇기에 손해가 되리라는 걸 알면서도 직원들을 하루에 9시간만 근

무시켰다.

4시간 추가된 잔업이 여전히 마땅치 않았다.

'에휴! 회사에 제대로 된 간부급이 없어서 그런가? 책임을 지고서 행하는 사람들이 없구나.'

차준후가 회사의 부족한 점을 알게 됐다.

사장이 없을 때 위급 상황이 닥치게 되면 방향을 책임질 인재가 부족했다.

여러모로 부족한 점이 많았다.

공장장 최우덕이 생산을 책임지고 있었지만 아직 미흡했고, 영업부를 맡고 있는 감홍식도 마찬가지였다. 그리고 수장으로 사람들을 이끌고 있는 차준후 역시 많이 모자랐다.

차준후는 사업가로서 아무런 경험이 없는 상태에서 회사를 창업했다.

'미래의 화장품을 알지 못했다면 회사를 성장시키기 힘들었을지도 몰라.'

회사가 급격하게 성장하고 있었다.

차준후가 직원 고용, 신규 사업 진출, 세금 등 사업하며 겪는 모든 일들을 씨름하게 됐다.

미래에서 왔다고 하지만 사업가로서 제대로 대처하지 않으면 실패할 수도 있다는 걸 민감하게 알아차렸다.

굳게 닫혀 있던 스카이 포레스트의 정문이 활짝 열렸다.

"천천히 들어오세요. 안 돼! 거기 빨리 움직이면 위험하잖아. 뛰지 말고 천천히 움직일 것! 직원 채용은 선착순이 아닙니다."

확성기를 건네받은 차준후가 강하게 소리쳤다.

지금 이것저것 따져 가며 존대할 때가 아니다.

수천 명이 움직이고 밀물처럼 회사 안으로 밀려 들어오고 있었다.

일찌감치 모두 출근한 회사 직원들이 엄청난 사람들을 넓은 공터로 안내했다.

"조심하세요. 사장님 말대로 천천히 움직이세요."

"거기! 앞사람 밀지 마. 밀면 큰일 난다고 사장님께서 경고했잖아."

직원들이 이리저리 바쁘게 움직였다.

많은 사람들이 몰릴 거라고 어느 정도 예상을 했지만 그걸 뛰어넘었다.

이런 상황에서 누군가 넘어지기라도 하면 크게 다치는 사람이 나올 수도 있었다.

완전히 어지러운 상황이었다.

차준후를 비롯한 직원들이 사람들을 통제하려 했지만 잘되지 않았다.

선두에서 뛰니까 뒷사람도 뛰려고 했고, 밀물처럼 움직이는 사람들 사이에서 위험한 상황이 벌어지려고 했다.

좁은 공간에 갑작스럽게 많은 사람들이 이동하면서 넘어지기라도 하면 끔찍한 일이 일어날 수도 있었다.

"거기 맨 앞에서 뛰는 사람! 상하의 모두 회색 옷 입은 사람! 당신은 탈락이야. 돌아가세요. 검은 옷의 긴 장발 아저씨, 당신도 집으로 돌아가세요!"

선을 지키며 상대를 배려하던 차준후가 극약처방을 내렸다.

반복해서 말해도 듣지 않은 직원을 뽑고 싶지 않았다.

기회를 뺏는 거라고?

알 게 뭐야. 내가 내 회사 직원을 뽑겠다는데.

"아! 권위 대단하네."

"아닌 건 아니라고 하더라고. 한 번 고집을 세우면 절대 꺾지 않는다고 들었어."

"말 듣지 않으면 망하는구나."

직원이 되기 위해 찾아온 사람들이 깨달았다.

차준후의 말을 듣지 않는 순간 기회조차 얻지 못한다는 진실을.

어수선하던 장내가 천천히 진정되기 시작했다.

"당신들을 기억해 두고 있으니까 숨는다고 해서 취직할 수 없습니다. 돌아가세요."

차준후에게 지적을 받은 사람들이 잔뜩 풀이 죽은 채 물러났다.

얼마나 놀랐는지 검은 옷의 장발 사내는 털썩 주저앉아 버렸다.

"잘못했습니다. 한 번만 기회를 주세요. 잘 보이고 싶어서 최선을 다해 달렸을 뿐이라고요."

사내가 눈물을 흘렸다.

열정적인 사람을 좋아한다는 걸 전해 들었기에 새벽부터 회사 정문 앞에서 대기했었다. 그리고 정문이 열리자마자 가장 빠르게 내달렸을 뿐이었다.

그는 열정을 지나치게 내보였고, 결국 도를 넘어섰다.

그것이 문제가 될지 상상도 못 했다.

"오늘의 기회는 사라졌습니다. 차후 직원 채용에 도전하세요."

차준후가 사내를 빤히 보면서 단호하게 선을 그었다.

지금 와서 안타깝다고 사내에게 기회를 제공하면 내뱉은 말의 권위는 세워지지 않는다.

"……알겠습니다."

매달리던 사내가 망연자실한 표정으로 빠져나갔다.

문제를 일으키는 사람들은 차준후의 말이 있을 때마다 쫓겨났다.

현실이 아름답지만은 않았다.

제2장.

버전 2

버전 2

"마구 비집고 들어와서 앞사람 밀었던 청바지와 청재킷 입은 아가씨도 돌아가세요."

차준후는 한마디 내뱉을 때마다 무거운 책임감을 받았다.

사람들에게 기회를 빼앗는다는 게 얼마나 가혹한 일인지 잘 알았다. 그렇지만 해야 하는 일이었기에 매의 눈으로 사람들을 살피면서 골라냈다.

차준후의 말이 떨어질 때마다 사람들의 혼란이 줄어들면서 빠른 속도로 질서정연해졌다.

그래, 바로 이게 원하는 상황이었다.

이런 질서정연한 걸 보기 위해서 사람들을 솎아 낸 것이었다.

"역시 사장님이야."

"사람들이 순식간에 정리됐어."

"문제가 되는 게 나타나면 금방 해결하시지. 사장님만 믿고 있으면 돼."

직원들이 강하게 나선 차준후를 보면서 감탄했다.

그리고 신규직원이 되기 위해 찾아온 수많은 사람들도 모셔야 할 수도 있는 사장님이 대단한 사내라는 걸 강제적으로 느껴야만 했다.

"멋있다."

"쓴소리를 내뱉기 싫어하시는 분이야. 좋게 이야기했는데 사람들이 받아들이지 못하고 어지럽게 하니까, 존중하던 자세를 버린 거지. 존중받기 위해서는 먼저 사장님의 말을 잘 따라야 하는 거라고."

차준후가 현장을 강력하게 지배하는 사장이라는 걸 납득한 순간 사람들이 지시를 순순히 따르기 시작했다.

'나음부터는 이력서와 자기소개서를 받아야겠어. 이렇게 채용을 계속했다간 만 명이 넘게 몰릴지도 몰라.'

신규직원 채용에 대한 기준을 세웠다.

앞으로 더욱 크게 성장할 스카이 포레스트에 어울리는 직원을 뽑기 위해서였다.

21세기에도 사람들이 좋은 직장을 지원하지만, 1960년대는 그런 경향이 더욱 심각했다.

'주먹구구식으로 운용하던 회사를 체계적으로 만들어야 한다.'

차준후는 자신을 떠받들 조직체계의 필요성을 절실하게 느꼈다.

생산직과 영업직 등에 배치할 인원들로 못 배웠어도 열정적이면서 간절한 사람들에게 기회를 주고 싶었다.

하겠다는 마음만 있으면 부족하더라도 회사에서 교육시켜 가면서 함께할 수 있었다.

'챙겨야 하는 일들이 한둘이 아니야. 사업이란 이렇게 어려운 거였구나.'

차준후가 속으로 쓴웃음을 지었다.

복수를 위해 창업한 스카이 포레스트가 점점 회사다워지고 있었다.

'효율적으로 만들어야 한다. 처음에는 어려움을 겪을지 몰라도, 제대로 키워 놓지 않으면 뒤로 갈수록 위태로워질 거야.'

사장이라는 위치를 뼈저리게 느꼈다.

직원으로 있을 때는 그냥 주어진 일만 잘하면 그만이었다.

그러나 사장은 그러면 안 된다.

생각지도 못한 일이 닥쳐와도 유연하게 대응해야 했고, 단호하게 쳐낼 때는 잘라 내야 한다.

작은 화장품 회사 사장으로 좌충우돌하면서 생존하기 위해 많은 일들을 겪어야만 했다.

움직이고 선택하는 행동 하나하나가 1960년대의 삶이고, 배움이며, 또 투쟁이었다.

담장을 무너뜨려서 확장시킨 넓은 공터에 거의 4,000명의 사람들이 운집했다.

저번에 비해 무려 열 배에 달하는 엄청난 숫자였다.

실업자들, 공장과 회사를 다니던 사람들이 스카이 포레스트로 몰려들었다.

사람들에게 있어 스카이 포레스트는 꿈의 직장이었다.

열 시가 되었다.

"시간 됐습니다. 정문 닫으세요."

차준후가 지시했다.

"들여보내 주세요."

"지금 정확하게 열 시 정각이에요. 늦지 않았으니까, 열어 주세요."

닫힌 정문을 붙잡고 늦게 온 사람들이 아우성을 치고 있었다.

"시간을 엄수하지 못한 사람들에게 기회는 없습니다."

차준후는 단호했다.

애걸복걸하는 사람들이 계속 나왔지만 듣지도 않았다.

아니, 그쪽에 더 이상 관심을 두지 않았다.

저번에도 그러더니 이번에도 늦는 사람들이 나타났다.
당연히 구제하지 않았다.
부탁하면 통할 것 같아?
왜 저렇게 생각이 없는 건지, 기본조차 되어 있지 않은 건지 이해할 수 없었다.
'자신의 인생을 바꿀 기회를 스스로 차 버린 거나 마찬가지지.'
차준후는 정해진 약속 시간을 지키지 못한 사람들이 못마땅했기에 일절 기회를 주지 않았다.
"와! 저번에 직원 채용에서도 늦게 온 사람들을 칼처럼 잘랐다고 들었어."
"직접 보니까 진짜 멋있다."
"저렇게 하지 않으면 일찍 온 사람들이 피해를 입는 거잖아. 사장님이 단호하게 나서시는 게 당연한 거야."
사람들이 차준후를 보면서 수군거렸다.
그런 사람들 가운데 섞인 민평진의 눈이 휘둥그레졌다.
"우와! 사장님이었어?"
택시 회사에 하루 월차를 내고서 스카이 포레스트로 달려온 그였다.
전에 승객으로 받았던 사내가 사장일 줄 전혀 상상치도 못했다.

"이래서 회사에 지원하지 못한다고 했던 거구나."

그때 택시에서 나눴던 대화들이 머릿속에 떠올랐다.

이상했다고 생각했던 대화들이었는데 이제는 이해할 수 있었다.

"아! 사장이라고?"

아침에 차준후를 태우고 달려왔던 택시 기사도 커다란 충격을 받았다.

"자! 지금부터 면접을 보겠습니다. 그런데 너무 많은 사람들이 몰려 하루에 모두 면접을 볼 수가 없습니다. 천 명씩 나눠서 나흘간 면접을 보려고 합니다."

차준후는 간절하게 기회를 잡고 싶은 사람들을 허투루 대하고 싶지 않았다. 그래서 4일이라는 시간을 두면서 지켜볼 작정이었다.

"사장님! 저는 오늘 어렵게 지방에서 하루 시간을 내서 온 겁니다."

"저도 마산/가시입니다. 직장에 휴가를 냈는데, 다른 날에는 오기 어렵습니다."

서울에 올라오거나 직장에서 하루 쉬는 것도 쉽지 않은 시절이었다.

삐이이익!

확성기에서 요란한 소리가 울렸다.

"지방에서 온 사람들과 직장에 하루 휴가를 내고 온 사람들 먼저 면접을 보겠습니다. 제가 말한 분들은 은행나무가 있는 곳으로 모여 주세요. 여기에 해당되지 않는데, 먼저 면접을 보려고 하면 합격하더라도 불합격됩니다."

소란스러워지려는 단초를 차준후가 곧바로 제압했다.

전쟁과도 같은 신규직원 채용 면접이 시작됐다.

* * *

면접 후.

87명의 신규직원이 채용됐다.

4일 동안 차준후는 면접을 보는 게 얼마나 힘든 일인지 절감했다.

그래도 회사의 규모가 기존보다 2배 이상으로 커졌다.

40명이었던 직원의 숫자가 127명으로 늘어났다.

실업자들보다 직업을 가졌던 사람들의 채용이 많았는데, 운전면허를 가졌거나 택시 기사였던 사람들도 있었다.

회사 명의로 된 시발 승용차와 트럭들이 등록됐다.

서울과 경기도 등을 오갈 수 있는 차량들이 준비되었고, 기존의 생산량보다 3배로 늘어난 엄청난 개수의 립밤과 립글로스가 풀리기 시작했다.

신규 직원 채용과 함께 스카이 포레스트는 눈부시게 성

장하고 있었다.

눈에 보일 정도로 확연한 성장이다.

판매하는 상품이 세 가지뿐이고 규모는 작지만 성장 가능성은 높았다.

"공장을 확장하기 위한 자금이 필요하지 않나요?"

"회사에 투자를 하고 싶습니다. 이익만 조금 나눠주시면 됩니다."

투자하겠다는 투자가들이 회사로 찾아왔다.

"자금은 넘쳐날 정도로 많습니다. 지금 이 순간에도 계속 늘어나고 있지요."

차준후가 투자가들을 모두 돌려보냈다.

아끼지 않고 펑펑 지출을 하고 있었지만 은행에 돈이 무서울 정도로 쌓여나갔다.

"아! 안타깝게도 투자금이 필요가 없나 보군요."

"돈이 필요하면 언제든지 연락을 주십시오. 곧바로 달려오겠습니다."

아무런 성과 없이 물러나야 했는데 찾아온 투자가들 가운데 차준후보다 많은 자산을 가지고 있는 사람은 단 한 명도 없었다.

설령 자산이 더 많다고 해도 차준후는 투자를 받을 생각이 눈곱만치도 없었다.

투자가들이 끊임없이 찾아왔지만 언제부터인가 스카이

포레스트 정문을 넘지 못했다.

"스카이 포레스트는 누구한테도 투자금을 받지 않는다."

"그 회사 사장이 재무부 차관의 아들이잖아. 상속받은 재산만 해도 엄청난데, 투자를 받겠냐? 돈이 넘쳐나는 집안이다."

"엄청난 갑부네. 사업까지 잘되니까 너무 부럽다."

"투자가들이 문전박대를 받을 수밖에 없구나. 갑부 앞에서 푼돈을 가지고 자랑하는 꼴이잖아. 어느 투자가가 차준후 사장보다 돈이 많을까?"

대한민국에서 돈을 가지고 있으면서 투자에 밝은 사람들 사이에 차준후에 대한 소문이 조금씩 퍼져나갔다.

그럼에도 불구하고 소문을 접하지 못한 투자가들이 커다란 이득을 얻기 위해서 스카이 포레스트에 지속적으로 찾아들었다.

회사가 워낙에 잘나가고 있다 보니 벌어지는 현상이었다.

* * *

차준후가 해외로 나가기 얼마 전이었다.

해외로 나가기 위한 준비로 바빴다.

산업정책국에 가서 낙농차관과 목장 부지 등에 대해서 협의를 해야 했고, 신규 직원들이 회사에 잘 적응할 수 있도록 여러모로 신경도 썼다.

약간의 우여곡절이 있지만 승승장구하는 스카이 포레스트 앞에 장애물이 등장했다.

론도 생활 화장품이 주요 신문에 신제품 개발 사실을 알리면서 전국적으로 경품 행사를 하겠다는 광고를 실었다.

「론도 생활 화장품이 드리는 200만 환의 경품 잔치!」

경품으로 내건 금액이 무려 200만 환이었다.

일인당 국민소득이 80달러에 못 미쳤으니, 모두가 깜짝 놀랄 만큼 엄청난 액수였다.

스카이 포레스트 공장 부지 매매가격이 78만 환이었으니, 엄청난 거액이 경품으로 내걸린 것이다.

「론도 생활 화장품은 이번에 황금용이라는 식물성 포마드 크림을 개발했다. 스카이 포레스트의 골든 이글을 뛰어넘었다는 전문가에 평가가 있을 정도로 뛰어난 품질을 자랑한다.

무엇보다 놀라운 품질에 비해 가격이 너무 착하다.

입술에 바르는 남녀공용의 입술보호제인 설악산과 여

성용 입술보호제 한라산을 출시했다. 두 제품 역시 프리덤과 오아시스에 버금가는 놀라운 품질을 보여 준다.」

주요 신문들 일간에 실린 내용들은 하나같이 론도 생활화장품의 신제품들을 칭찬하고 있었다.

사장실에 출근한 차준후가 신문 내용을 보면서 얼굴을 굳혔다.

"이건 누가 봐도 스카이 포레스트를 노린 도전이구나."

스카이 포레스트에서 만들고 있는 세 가지 상품들과 모두 겹친다.

이런 상황이 우연찮게 발생할 가능성이 얼마나 될까?

"특허가 노출됐네."

차준후는 단정을 지었다.

봐라!

신문에 한라산 용기의 사진이 있었는데, 오아시스와 판박이였다.

약간의 크기 차이가 있을 뿐이다.

게다가 1960년대 국내 화장품 제작 환경과 기술로는 세 가지 제품과 비슷한 품질을 만들어 내지 못한다.

여태껏 일본 식물성 포마드 크림에 밀려서 제대로 된 해결책은 내놓지 못해 왔다.

"수단과 방법을 가리지 않겠다는 거지."

론도 생활 화장품은 결코 무시할 수 없는 회사였다.

미래에서도 대한민국 국민이라면 누구나 알고 있는 재벌그룹에 속해 있는 회사였기에.

차준후와 스카이 포레스트 입장에서는 예기치 않은 일격을 당한 셈이었다.

"재미있는데. 가만둬서는 안 되겠어."

도전에 대한 가혹한 응전을 하겠다고 다짐했다.

"사장님."

감홍식이 문을 벌컥 열고 안으로 들어섰다.

"이걸 보십시오. 론도 생활 화장품에서 새롭게 출시한 제품들이라고 합니다. 저희 제품과 용기를 비롯해서 모든 게 너무나도 비슷합니다."

그가 손에 들고 있던 세 가지 물건들을 탁자 위에 내려놓았다.

"알고 있습니다."

"어떻게?"

"여기 신문에 대대적으로 광고를 하고 있으니까요."

"제가 살펴보니 우리 회사 복제품들입니다. 론도 생활 화장품을 가만히 둬서는 안 됩니다. 당장에 빌어먹을 놈들 회사로 쳐들어가야 합니다."

"쳐들어가서 뭘 하시려고요?"

"그야 당연히 제품을 훔친 거에 대한 대가를……."

"다음에는요? 론도 생활 화장품에서 알겠다고 배상하고 제품을 단종시킬까요?"

"……."

차준후의 질문에 감홍식의 입이 다물어졌다.

"그런 식으로는 해결이 안 됩니다."

"그러면 어떻게 해야 합니까?"

"이럴 때일수록 냉정하게 나서야죠. 론도 생활 화장품 본사로 간다고 해결이 되지 않습니다. 대놓고 복제품을 내놓았다는 건 한판 제대로 싸워 보자는 선전포고입니다. 일격을 맞았으니 몇 배로 돌려줘야죠."

"해결 방법이 있으십니까?"

"제대로 해결한다고 해도 결국 피해를 입게 되겠죠. 그들이 손해를 보상한다고 나설 수밖에 없게 만들 겁니다."

절대로 손해를 보지 않겠다.

"아주 기대됩니다. 그놈들 때문에 입은 손해 이상을 받아 내야 마땅합니다."

감홍식이 고개를 끄덕였다.

의심하지 않았다.

차준후가 입 밖으로 말을 내뱉었다는 건 할 수 있다는 뜻이었으니까.

눈앞의 사장님은 능력이 대단했다.

아무것도 못 하고 씩씩거리기만 하는 자신과 달랐다.

"종운지 비서, 이하은 기자님에게 신문광고로 할 말이 있으니 오전 중에 회사로 와 달라고 연락해 주세요."

"네."

론도 생활 화장품이 신문으로 선전을 하고 있으니 맞대응이 필요했다.

정면 격돌이었다.

200만 환의 경품잔치라고?

2배를 써 줘서 400만 환의 경품대잔치를 보여 주마.

경품잔치를 상대적으로 왜소하게 만드는 경품대잔치다.

"그 전화 끝나면 김운보 변호사님도 오후 1시에 방문을 부탁드리세요."

"알겠어요."

차준후가 빠르게 대처했다.

특허국에 특허가 어떻게 됐는지 알아보고, 대처하기 위해 김운보를 불렀다. 함께 상공부의 특허국을 방문할 심산이있다.

사람들을 만나기까지 시간이 남았다.

"이제부터 본격적으로 복제품들을 알아봅시다."

* * *

차준후가 탁자 위에 놓인 세 가지 물건들을 살펴봤다.

모두 손가락으로 문질러 보기도 하고, 킁킁거리면서 냄새를 맡기도 했다.

 설악산과 한라산을 피부와 입술에 발라 보았는데, 매끄러운 가운데 약간의 냄새가 났다.

 머리카락에 바른 황금용도 골든 이글에 비해서 끈적거리는 느낌이 강했다.

 스카이 포레스트 제품들과 큰 차이는 아니었다.

 그러나 그 미세함이 얼마나 큰 차이를 불러일으킬지는 두고 봐야 할 일이다.

 "흠! 비슷한데 약간 다르네요. 천연원료 대신에 값싼 석유 화학 물질로 대처했어요."

 "저도 살펴봤는데, 우리 회사 제품과 이질적이라고 느꼈습니다."

 "제대로 처리해 내지 못한 탓에 석유 화학 물질 특유의 냄새와 끈적거림이 발생하는 겁니다."

 사실 일반인들이라고 하면 쉽게 넘어갈 수도 있는 문제였다.

 "사장님은 곧바로 잡아내시네요. 대단하세요."

 "제가 만든 물건들이니까요. 어렵지 않은 일입니다."

 연구자이기도 한 차준후가 론도 생활 화장품 출시 제품의 잘못된 점을 단번에 알아봤다.

 "석유 화학 물질이라고 해서 무조건 나쁘다고 매도해

서는 안 됩니다. 제대로 석유 화학 물질을 이용하지 못하는 것이 문제일 뿐이죠."

"그렇다는 말씀은?"

"저쪽에서 우리와 달리 원가를 절감하고 대량 생산을 위해서 화학 물질을 이용했어요. 그렇지만 엉망으로 만들어 냈네요. 잘됐다고 해야 하나 안타깝다고 말해야 하는지는 모르겠지만 부작용이 발생할 것 같아요."

차준후가 천연 재료를 대체할 수 있는 파라벤, 트리클로산, 페트롤라툼 등을 떠올렸다.

피부염, 알레르기, 비염, 피부호흡 방해 등 각종 부작용들이 있는 재료들이었다.

전부 1960년대에는 별다른 제한 없이 흔하게 사용되던 재료들.

아직 화장품 관련 제도와 법규가 제대로 정비되어 있지 않은 탓이었다.

제대로 된 연구 없이 만들어 낸 화장품은 커다란 불상사를 일으킬 수 있었다.

"하늘이 나쁜 놈들에게 천벌을 내린 겁니다."

죽을상이었던 감홍식의 얼굴이 펴졌다.

"정확한 건 성분 분석을 해야만 압니다. 일반적으로 HPLC와 GC 두 가지를 활용하는데, 액체크로마토그래피 그리고 기체크로마토그래피라고 칭합니다. 제가 할 수도 있지만 이걸 행하려면 고가의 장비가 필요하죠."

감홍식이 눈을 동그랗게 치켜떴다.

전문적인 단어들과 영어가 나왔는데, 무슨 소리인지 제대로 알아듣지 못했다.

다만 알아들은 것도 있었다.

"장비가 없는데 어떻게 하죠?"

"대학교나 대학원에는 크로마토그래피를 할 수 있는 장비가 있습니다. 그리고 얼마 전에 연구원 한 분을 초빙했으니, 그분께 맡기면 될 겁니다."

운이 좋은 건지 아니면 딱딱 맞아떨어지는 건지 모준민이 다녔던 서울농대에 이 장비가 있었다.

농업이 중요하던 시기였고, 서울농대 경쟁률도 높았다.

크로마토그래피 장비는 유해한 화학 성분이나, 중금속 등 기타 유해 성분들도 분석할 수 있었다.

농상에 쓰이는 각종 비료들의 효과 유무 역시 쉽게 확인할 수 있어 생산된 농산물 분석에서도 탁월한 성능을 발휘했다.

당연히 구매해서 연구소에 비치할 생각이었다.

다만, 지금 당장은 구하고 싶어도 구할 수 있는 장비가 아니기에 도움을 받을 생각이었다.

"서울농대대학원생 모준민 씨를 찾습니다. 저는 스카

이 포레스트의 차준후 사장입니다."

- 아! 준민이를 취직시켜 준 사장님이시군요. 잠시만 기다려 주세요.

전화를 받은 조교가 차준후의 전화를 반겼다.

모준민이 엄청난 조건으로 스카이 포레스트에 취직했다는 소문이 대학원에 파다하게 퍼졌다.

어렵게 고학하던 모준민의 팔자가 편 것이다.

- 전화 받았습니다, 사장님.

"부탁할 일이 있어서 전화했어요."

- 말씀하십시오.

"이번에 론도 생활 화장품에서 나온 신제품들 크로마토그래피 성분 분석을 의뢰하고 싶습니다. 우리 회사 제품들을 복제한 물건들입니다."

- 밤을 새워서라도 오늘 안에 성분 분석을 끝내 놓겠습니다.

모준민이 각오를 다졌다.

감히 은혜로운 스카이 포레스트의 제품을 복제해?

오늘부터 론도 생활 화장품의 물건들을 일체 사용하지도 않겠다고 속으로 다짐했다.

"소요 경비는 영수증을 첨부해서 제출하세요."

- 알겠습니다.

차준후가 전화를 끊었다.

"자! 저쪽 물건을 알아보았으니, 이제 우리 제품을 새롭게 만들어 봅시다. 생각보다 조금 이르지만 버전 2를 시장에 내놓을 때입니다."

"네? 버전이요?"

"특정 물건의 수정이 이뤄지고 시장에 내놓을 때마다 지칭하는 명칭입니다. 저쪽에서 복제한 우리 물건들을 업그레이드, 성능을 향상시키자는 말입니다."

"그게 가능한 겁니까?"

"물론이죠."

차준후가 대수롭지 않게 말했다.

그의 머릿속에는 21세기의 화장품들과 신지식 등이 들어 있었다.

제대로 꺼내 놓으면 세계를 뒤집어 놓을 수도 있었다.

솔직히 노벨화학상까지 가능했다.

화학자들이 노벨화학상 받은 20세기 후반기 지식들을 가지고 있었으니까.

"처음부터 알고 계셨습니까?"

"네. 버전 1로 충분했기에 내놓지 않은 겁니다."

"아! 그렇군요."

감홍식이 납득했다.

"혹시 세 번째도 있나요?"

"이미 몇 가지를 생각해 두었습니다."

감홍식이 놀란 눈빛으로 차준후를 바라봐야만 했다.

역시 천재다.

힘들어하지 않고 놀라운 업적을 만들어 낸다.

일반인이라면 오랜 시간 연구하며 노력해야 겨우 해낼 수 있는 일이다. 땀 흘려 가며 공부한다고 해서 해낸다고 장담할 수 없다.

"자! 넋 놓고 있지 말고 제작실에 가서 버전2를 만들어 봅시다."

차준후가 앞장섰다.

"같이 가요. 사장님."

감홍식이 재빨리 뒤따랐다.

차준후는 곧바로 제작실로 가지 않고, 탕비실의 냉장고에서 얼음을 잔뜩 꺼냈다.

"얼음이 필요한 모양이군요?"

"급속 냉각 과정을 거치면 골든 이글을 비롯한 제품의 성능이 오 할 이상 향상될 겁니다."

이 간단한 방법을 오대양 창업주와 기술자들이 수많은 개발 연구 끝에 알아냈다.

차준후는 그 사실을 알고 있었기에 그대로 이용했다.

"아! 정말 단순하네요."

"원래 알면 단순한 법입니다. 시작합시다."

차준후가 지시했다.

통 안에 재료들이 들어갔고, 통 아래 불이 피어올랐다.

자동화 시설들이 돌아갔다.

잠시 후, 배출구를 통해 끈적끈적한 골든 이글이 흘러나왔다.

"색이 정말 곱네요."

감홍식이 탄성을 터트렸다.

지금껏 보아 왔던 골든 이글과는 색깔부터 달랐다.

차준후가 손가락으로 황금색 골든 이글을 살짝 뜬 다음에 면밀하게 살폈다.

"잘 만들어졌네요."

광택과 고정력, 세정력 등 여러모로 버전 1보다 좋았다.

"이거면 론도 생활 화장품에 한 방 제대로 먹여 줄 수 있습니다. 죽을 각오로 영업을 뛰겠습니다."

"열심히만 하면 충분합니다. 그리고 저쪽에 한 방이 아니라 여러 방 먹여 줄 겁니다."

차준후가 론도 생활 화장품을 가만두지 않겠다고 선언했다.

* * *

특허국 특허 담당 직원 선석환이 김운보의 날카로운 시선을 회피했다.

켕기는 게 있어서 무척 부담스러웠다.

스카이 포레스트의 특허 서류를 론도 생활 화장품에 넘겨주고 돈을 받아먹은 지 얼마 되지 않았다.

받은 돈으로 집도 더 큰 곳으로 옮겼고, 애인도 한 명 새롭게 만들었다.

"특허 등록은 어떻게 됐습니까?"

"살펴보고 있습니다. 잘 모르시는 모양인데, 특허라는 게 바로 등록되는 게 아닙니다."

말이 살펴본다는 거지 그냥 붙잡아 두고 있었다.

특허 등록을 해 주고 싶은 생각이 눈곱만치도 없었다.

받은 게 있으니, 돈값을 해야만 한다.

론도 생활 화장품에서 스카이 포레스트의 특허를 약간 변화시킨 서류를 근시일 내 접수한다고 이야기해 왔다. 그걸 먼저 등록시켜 주면 또 거액을 받을 수가 있었다.

"언제까지 살펴보실 겁니까?"

"죄송합니다. 꼼꼼하게 살펴보다 보니 시간이 지체되고 있네요. 이제껏 보지 못했던 놀라운 특허이기에 위에서도 주의 깊게 살펴봐야 한다고 해서요. 조금만 더 시간을 주시면 특허 등록 여부를 알려 드리겠습니다."

"여부라고요?"

여부라는 말에 김운보가 눈썹을 꿈틀거렸다.

획기적인 특허 내용이었기에 등록 여부를 논한다는 건

말이 되지 않았다.

면전에서 이런 말을 대놓고 할 줄 몰랐다.

"위에서라면 누구를 말하는 겁니까?"

"……부국장님과 국장님이죠."

선석환이 말을 머뭇거렸다.

사실, 문제가 될 수 있었기에 위에는 보고조차 하지 않았는데.

김운보가 말을 붙잡고 늘어질지 생각지도 못했다.

"특허국을 말하는 거겠죠?"

"당연하죠. 지금 그런데 저를 추궁하는 겁니까? 기분이 심하게 불쾌하군요."

"대한민국을 들썩거리게 만든 획기적인 제품들입니다. 그런데 특허 등록에 대해서 당연히 물어볼 수 있는 질문입니다."

"그건 저도 인정합니다. 그러나 특허 등록 여부는 중요한 사항이기에 특허국에서 면밀하게 들여다봐야 하는 문제입니다."

"시간이 얼마나 걸립니까?"

"스카이 포레스트에서는 특허 등록을 위한 심사를 받기 위해 신청 접수하였고, 현재는 특허 출원 단계입니다. 서류로만 심사가 진행되기 때문에 서류의 내용을 꼼꼼하게 하나씩 살펴보고 있습니다. 지금 신규성과 진보성, 산업성 등을 열심히, 그리고 좋은 쪽으로 보고 있습니다. 언제까지라고 확답을 드리기는 매우 곤란합니다."

"우선 심사를 진행할 수 있습니까?"

김운보가 물었다.

특허 등록 심사는 보통 1년 정도 소요된다.

빠르게 등록 결정을 받아야 할 경우 시간을 3개월 전후로 단축시킬 수 있는 우선 심사를 진행할 수 있다.

그리고 우선 심사 여부는 전적으로 특허국의 소관이다.

"음! 위에 물어보겠지만 요즘 우선 심사 건수가 많아서 어려울 겁니다."

"그렇군요."

부정적인 답변을 예상한 김운보가 가만히 고개를 끄덕거렸다.

"제가 최대한 노력해 보겠습니다."

"알겠습니다."

"처리해야 할 특허 서류들이 많아서요. 이제 그만 일어날까요?"

"조금만 기다리시지요."

"할 말이 더 있으신가요?"

"기다리고 있는 분이 있습니다. 특허 서류를 담당하고 있는 공무원에게 할 말 있는 분이 곧 여기로 올 겁니다."

"네? 무슨 말씀입니까? 이해가 되지 않네요. 그리고 제가 아무나 만나는 사람이 아닙니다."

선석환의 얼굴에 짜증이 묻어났다.

똑똑똑!

회의실 문을 두드리는 소리가 울렸다.

"기다리던 스카이 포레스트의 사장님이 오셨네요."

벌떡 일어난 김운보가 회의실 문을 열었다.

차준후가 안으로 들어섰다.

"이게 무슨 짓……."

갑작스런 상황에 소리치던 선석환이 말을 흐트렸다.

추가로 두 명의 사람이 회의실로 들어섰다.

선석환의 얼굴이 굳었다.

산업정책국의 부국장 홍종오와 특허국 부국장 안성균이었다.

"이야기는 잘 나누고 있었습니까?"

"네. 특허 등록을 윗선에 보고했다고 합니다. 우선 심사를 요구했지만, 특허국에 일이 많아서 어렵다는 이야기도 전해 들었고요."

"아! 특허국이 바쁜 모양입니다. 우선 심사가 밀릴 정도로 특허가 많이 몰려들다니, 좋은 일이로군요. 제가 다 기쁩니다."

차준후가 김운보와 이야기를 나누면서 선석환을 바라보았다.

"그것이 아니라……."

갑작스럽게 등장한 두 명의 부국장 때문에 선석환은 말을 제대로 잇지 못했다.

부국장 홍종오를 바라보았다가 얼굴을 굳혔고, 직속상관인 부국장 안성균의 눈치를 봐야만 했다.

적당히 시간을 끌면서 스카이 포레스트의 특허 등록을 미루면 되는 간단한 일이라고 생각했다.

그 사이에 론도 생활 화장품의 살짝 변경된 특허를 등록시켜 줄 작정이었다.

그는 이런 일을 몇 번 해 본 적이 있었다.

이번에도 특허 서류를 빼돌려 뒷돈을 잔뜩 받아먹었다.

평화로운 나날이었다.

그런데 갑작스럽게 그의 눈앞에 특허 출원을 한 회사 사장과 두 명의 부국장이 나타났네?

그의 뇌리에 경공이 마구 울렸다.

제3장.

성분 분석

성분 분석

"이 봐. 보고를 했다고? 누구한테 했다는 건데? 말해 봐."
안성균이 앞으로 나섰다.
딱 봐도 부하 직원인 선석환이 문제를 일으켰다는 걸 알아차렸다.
"……보고를 한 게 아니라 이제부터 할 생각이라는 말이었습니다."
석선확이 식은땀을 흘렸다.
"이제부터 말 한마디라도 똑바로 하는 편이 좋을 거야. 헛소리를 계속하면 감사국 감사관을 불러올 테니까."
안성균의 호통에 닭살이 쭈뼛 섰다.
이게 뭔 망신인가.
특허국의 직원들에게 알음알음 뒷돈을 받아먹는 건 관

행이었다.

그러나 그 관행은 특허 등록을 빨리 처리하기 위한 기름칠 정도였지, 불법적인 짓까지는 아니었다.

특허국 전체가 욕먹을 수 있는 짓을 가만히 두고 볼 수 없었다.

꿀꺽!

선석환이 침을 삼켰다.

돈벌이 되는 아주 편한 일이라고 생각하며 저질렀던 짓이 파국을 불러일으켰다.

"회사의 손해가 막심합니다. 당신에게 민형사상 소송을 제기하겠습니다."

차준후가 의자에 앉으면서 말했다.

제대로 응징할 작정이었다.

회사의 손해를 측정해서 엄청난 금액의 비용을 청구할 거다.

법원에서 엄청난 금액을 인정받지 못한다고 해도 선석환의 마음이 문드러지게 만들 수는 있었다.

"며칠 전에 넓고 좋은 집으로 옮겼다고 자랑했지? 그 돈 어디서 난 거야?"

"저, 저축했던 돈으로 옮겼습니다."

"사실대로 말해. 감사관이 오면 네가 저질렀던 모든 걸 탈탈 터는 수가 있어."

선석환의 얼굴이 휴지 조각처럼 구겨졌다.

그런 모습을 차준후가 다리를 꼬면서 바라보았다.

"변호사님, 곧바로 민형사상 소송을 제기할 준비를 해 주세요.

"알겠습니다."

김운보가 서늘한 눈빛으로 선석환을 노려보았다.

믿고 맡겼던 특허와 관련된 일이 선석환 때문에 송두리째 헝클어졌다.

결코 가만두지 않겠다!

이를 부득부득 갈았다.

"이번 건만 이실직고하고 조용히 처리할래? 아니면 다른 건들까지 묶어서 시끄럽게 처리할래? 정말 나락으로 떨어지고 싶다는 거지. 그럼 엿 된다는 게 뭔지 제대로 보여 줄게."

지켜보고 있던 홍종오가 묵직하게 한마디 던졌다.

'내가 신경 쓰고 있는 사람이야. 넌 사람을 잘못 건드린 거야.'

홍종오가 표독스럽게 노려보았다.

낙농 사업은 대한민국을 뒤흔들 수 있는 상징적이면서도 엄청난 일이면서도, 성공하기만 하면 자신의 치적이 될 일이었다.

그렇기에 차준후로부터 이야기를 듣자마자 친구인 특

허국의 부국장 안성균을 불렀다.

자초지종을 전해 들은 안성균이 기겁해서 회의실로 함께 달려왔다.

"아이고! 잘못했습니다. 제가 눈이 멀어서 그만 특허서류를 유출하고 말았습니다."

더 이상 버티지 못한 선석환이 털썩 무릎을 꿇었다.

"하아!"

"정말로 뒷돈을 받아먹었구나. 얼굴을 들고 다닐 수가 없네."

홍종오와 안성균이 한숨을 내쉬었다.

입이 열 개라도 차준후에게 할 말이 없는 상황이 발생하고 말았다.

큰일을 해야 하는 사람의 발목을 잡고 말았다.

"누구에게 건넸습니까?"

차준후가 물었다.

"론도 생활 긴깅 육선빈 이사가 먼저 접근해 왔습니다. 스카이 포레스트의 특허 서류를 건네주면 목돈을 주겠다고 하면서요."

"계좌로 받았나요?"

"현금으로 80만 환을 받았습니다."

"역시."

계좌로 받으면 거래 내역이 발생하게 된다.

바보가 아닌 이상 불법적인 일에는 현금으로 주고받는다.

"허허허! 엄청나게 받아 처먹었구나."

"대단한 특허니까. 저 금액도 약소한 거라고 봐야지."

"그렇겠네. 없어서 못 파는 물건들이니까."

안성균이 착복한 금액에 놀라서 홍종오와 이야기를 주고받았다.

"죽을죄를 지었지만 저는 육선빈이 이처럼 나올 줄 미처 몰랐습니다. 제발 한 번만 용서해 주십시오."

특허 서류를 유출한 장본인의 입에서 허튼소리가 튀어나왔다.

이게 대체 무슨 말이야?

술을 먹고 운전했는데, 음주운전은 아니라는 건가?

거금을 내고 특허 서류를 샀다는 건 그걸 제대로 이용하겠다는 의미였다.

특허국에서 일하는 공무원이 모를 리 없었다.

"욕심에 눈이 멀면 충분히 저지를 수 있는 일입니다. 먹음직스러운 물건이 눈앞에 있으니 탐욕스럽게 냅다 먹어 버린 것이겠죠."

차준후는 충분히 이해했다.

돈을 보고서 맹렬하게 달려드는 사람들은 많다.

타오르는 횃불을 향해 날벌레들이 달려들지 않는가.

그리고 결국엔 불에 타서 잿더미가 되겠지.

"네, 맞습니다. 잠시 탐욕에 빠져 심신미약 상태였습니다."

차준후의 눈에 비친 선석환은 날벌레와도 같았다.

가만히 지켜보고 있다 보니 기분이 나빠졌다.

자꾸 왱왱거리면서 날뛰는 느낌이라고 할까?

"당신 덕분에 론도 생활 화장품과 크게 부딪치는 일이 발생했습니다."

"그게 왜 제 잘못입니까? 론도 생활 화장품의 욕심 때문에 벌어진 일입니다. 그리고 제가 아니라고 해도 그들은 수단과 방법을 가리지 않는 나쁜 놈들입니다. 언젠가 스카이 포레스트의 앞길을 막았을 겁니다."

"전 당신을 이해한다니까요."

"이해해 주셔서 감사합니다. 용서해 주시는 거죠? 제가 특허 등록을 최대한 빨리 마무리 짓겠습니다."

선석환이 무릎 꿇고 있던 걸 풀고 일어나려고 했다.

젊은 차준후에게 용서를 비는 건 너무나도 치욕스러웠다.

"제가 하는 일에 당신도 이해를 해 주셔야죠. 이해와는 별도로 민형사상의 소송을 진행하겠습니다."

차준후는 선석환에게 자신을 건들면 어떻게 되는지 철저하게 알려 주고 싶었다.

"네?"

일어서려던 선석환이 다시금 무릎을 꿇었다.

잠시 납득하지 못 했지만, 이해와 별개로 용서받지 못했다는 걸 깨달았다.

그의 얼굴이 잿빛으로 변했다.

무릎 꿇고 있던 다리가 벌벌 떨리기 시작했고, 그것이 전신으로 퍼져 나갔다.

씨익!

차준후가 웃었다.

저 죽을 것처럼 괴로워하는 표정을 바라보고 있자니 마음에 깃들어 있는 분노가 약간이나마 씻겨 내려가는 느낌이었다.

"제발 한 번만 용서해 주시면 안 되겠습니까? 개과천선해서 착하게 살아가겠습니다."

"안 됩니다. 그리고 민형사상 소송 후에 개과천선은 알아서 하세요."

차준후가 단호하게 선을 그었다.

"……."

완전히 망했다는 걸 깨달은 그는 제대로 말을 잇지 못했다.

죽상을 한 채 눈물을 질질 흘렸다.

'흠! 이제 하나 해결했네.'

차준후는 어렵게 진행될 수도 있는 일 하나를 풀어서 기분이 좋았다.

"저는 이만 가 보겠습니다."

차준후가 홍종오와 안성균을 바라보며 인사했다.

"돌아가 있으세요. 잘 처리하겠습니다."

"우선 심사로 제가 직접 담당할 테니, 특허 등록 문제는 걱정하지 말고 있으시면 됩니다."

"믿겠습니다."

차준후가 걸음도 가볍게 회의실을 나섰다.

그의 옆에 가방을 든 김운보가 따라붙었다.

"부국장님, 제발 선처해 주십시오. 저만 이런 짓을 저지르는 건 아니잖아요."

"이 사람이! 말도 안 되는 소리를 하고 있네."

"저 혼자만 죽을 수는 없습니다. 특허국에서 저지르고 있는 나쁜 일들을 모두 터트릴 겁니다."

악에 바친 선석환이었다.

특허국의 잘못된 관행과 나쁜 일들을 거론해 가면서까지 스스로의 구명 활동을 펼쳤다.

그가 알고 있는 큼지막한 특허국의 비리들이 적지 않았다.

"알고 보니 아주 몹쓸 사람이었군. 입만 벙긋해 봐. 이 바닥에서 완전히 매장시켜 줄 테니까."

안성균이 길길이 날뛰었다.

제가 싼 똥을 해결하지 못한 놈이 특허국 동료들을 함께 이끌고 죽겠다고 난리였다.

보듬어 안으면서 보호해 줄 필요가 없었다.

스스로 더욱 나락으로 떨어지고 있는 선석환이다.

"살아 보겠다고 난리네요."

"어떻게든 벗어나겠다고 하는 몸부림이죠. 그래도 변호사님께서 아주 잘 다뤄 주실 거라고 믿습니다."

"벗어날 수 없을 겁니다. 잘못된 행동에 합당한 사회적인 책임을 지우겠습니다."

김운보가 열의를 불태웠다.

소송 분야는 그의 전문이었다.

어떻게 하면 피고를 괴롭힐 수 있는지 잘 알았다.

'눈에서 피눈물이 나게 해 줄게.'

그는 종합 법률 사무소를 만들 수 있는 기회 제공자 앞에서 너무나도 면목이 없었다.

솔직히 체면이 서지 않았다.

괜히 모든 게 자신의 잘못 같았다.

이번에 제대로 된 변호사의 모습을 보여 주고 싶었다.

"이제 남은 건 론도 생활 화장품이군요."

"그렇죠."

"어떻게 하시렵니까? 소송을 통해서 해결 보시겠습니까?"

김운보가 조심스럽게 물었다.

개인을 탈탈 털면서 크게 혼낼 수는 있어도 기업은 어렵다.

그것이 잘나가는 기업이라면 더욱 힘들다.

"소송도 하나의 방법이죠."

"소송 말고 다른 방법을 생각하고 계시는군요."

"소송은 시간이 너무 오래 걸리잖아요. 그리고 소송으로 받을 수 있는 손해 비용도 적은 편이고요."

"맞습니다. 현실적으로 한계가 분명합니다."

징벌적 손해배상이 없는 대한민국이다.

엄정한 법 집행은 다른 나라 이야기고, 범죄를 저질러도 솜방망이 처벌이 허다하다. 돈 많고, 권력 있으면 미꾸라지처럼 잘도 빠져나간다.

기업들이 법의 허점을 파고들어 이득을 챙기는 모습을 심심치 않게 볼 수 있다.

그리고 피눈물을 흘리는 건 피해를 본 힘없는 피해자들이다.

"론도 생활 화장품이 제 영역을 침범해서 들어왔죠. 그러면 저도 그들의 영역으로 들어갈 수 있습니다."

차준후는 사실 스카이 포레스트의 화장품 영역에만 집중하고 싶었다.

미래 지식을 잔뜩 가지고 있었지만 기존 대한민국의 역

사를 크게 바꿀 마음이 없었다.

자신의 선택으로 인해 대기업을 만들어 내거나 잘나갈 수 있는 사람들의 자취가 변경되기 때문이었다.

"아! 정면 대응을 하려고 하는 겁니까?"

"한 대 맞았으면 저도 때려야죠."

차준후는 함께 때려 가면서 난타전을 벌일 작정이었다.

몇 대를 때릴까?

그건 상대방이 어떻게 나오느냐에 따라 달렸다.

지금 생각에서는 맞은 것의 몇 배 이상으로 잔뜩 때려 주고 싶었다.

"어떻게 때릴 생각인 거죠?"

"아픈 구석을 골라서 때릴 겁니다. 론도 생활 화장품의 매출을 분석해 보니, 화장품보다 생활용품 매출이 훨씬 크더군요. 그중에서도 그들의 매출에 지대한 영향을 끼치고 있는 치약을 먼저 공략해 보려고 합니다."

1954년부터 지금까지 꾸준히 국민들의 사랑을 받는 론도 프레쉬 치약은 론도 생활 화장품의 주력 상품이었다.

"치약이요?"

"네. 구죽염치약이라고. 대나무 통속에서 소금을 아홉 번 구워서 만들어 내는 치약이 있습니다. 잇몸질환 예방과 충치 예방에 탁월한 효과가 있는 우수한 치약입니다."

구죽염치약!

론도 생활 화장품이 미래에 개발해 내는 치약이다.

죽염의 시원하고 청결한 느낌이 일품으로 한국인들에게 사랑받은 제품이다.

발매 이후 오랫동안 치약들 가운데 압도적인 1위를 지켰다.

뛰어난 명성을 지닌 제품이었고, 미국을 비롯한 해외로 수출까지 됐다.

'눈에는 눈, 이에는 이다. 내가 정한 선을 넘어서 자극한 건 론도 생활 화장품이다.'

차준후가 특허를 빼앗겼기에 그에 맞는 걸 똑같이 강탈해 오려고 했다.

"론도 생활 화장품의 주력 상품 시장을 공략하겠다는 이야기군요."

"맞습니다. 치약 시장을 공략당하면 무척 아파할 겁니다."

* * *

골든 이글과 프리덤, 오아시스는 사용하지 않아도 문제는 없지만, 구강 건강을 위해 치약은 필수적으로 써야만 한다.

또한 세 가지 물건의 시장보다 치약 시장의 규모가 훨

씬 컸다.

"빼앗긴 것보다 더욱 대단한 걸 가져오는 셈입니다."

"돼지를 도둑맞았는데 적어도 소 정도는 끌고 와야 제대로 된 복수가 되지 않을까요?"

구죽염치약의 가치는 그만큼 높았다.

상대가 수단과 방법을 가리지 않고 덤벼드는데, 점잖게 맞대응하는 것도 우스운 일이었다.

구죽염치약을 스카이 포레스트에서 먼저 출시하면 빼앗긴 세 가지 물품에 대한 분노를 약간이나마 풀어낼 수 있다.

"저는 아직도 배가 고픕니다."

차준후는 진심으로 론도 생활 화장품을 괴롭힐 작정이었다.

"정말 혁신적인 제품 개발에 탁월하시군요. 어떻게 매번 놀라운 제품들을 내놓을 수 있는 겁니까?"

김운보가 감탄했다.

당한 걸 고스란히 되갚아주겠다고 뚝딱 구죽염치약을 만들어 낸 걸 보고서 놀라움을 금치 못했다.

"변호사님이 저라면 더욱 대단하실 겁니다."

똑똑한 머리를 가진 김운보라면 좌충우돌하면서 스카이 포레스트를 성장시켜나가는 차준후보다 더욱 잘나갈 수도 있었다.

성분 분석 〈75〉

"저는 절대 사장님을 따라갈 수 없습니다."

"스스로를 너무 낮게 바라보지 마세요."

"백번 양보해서 제가 사장님보다 상술에 뛰어날 수는 있습니다. 그러나 여태껏 변호사로 생활하다 보니 사업가가 돈을 많이 벌면 착하기가 힘듭니다. 알게 모르게 불법적인 일들을 많이 저지르고 있더군요."

"그렇죠."

차준후가 동의했다.

대기업과 재벌들의 불법적인 일들은 대한민국을 좀먹는 문제가 된다.

지금보다 미래로 갈수록 더욱 심해진다.

"짧은 시간 안에 많은 돈을 벌었는데도 불구하고 사장님은 끝까지 착한 성품을 잃지 않으려 노력하고 있습니다."

"저 그렇게 착한 사람 아닙니다."

차순후가 인정하지 않았다.

"평가는 스스로가 내리는 게 아니라 주변에서 보고 판단하는 겁니다. 자신을 낮게 평가하는 건 제가 아니라 사장님입니다."

"네?"

"들어 보세요. 소송에서 지는 일이 거의 없다 보니, 회사 고문변호사로 들어오라는 말을 참 많이 들어 봤습니다."

"그러시겠죠. 저도 그러고 싶은 마음이니까요."

"하지만 그런 마음을 억누른 사장님께서는 저에게 종합 법률 사무소를 만들라고 하셨죠. 솔직히 그때 챙겨 주시는 모습에 탄복했습니다."

"그게 아니라……."

차준후가 반박하려고 했다.

법은 전공 분야가 아니었기에 알고 있는 김운보에게 떠넘겼을 뿐이었다.

스카이 포레스트에서 종합 법률 사무소를 끌어안는다는 건 어려운 일이었기에.

"너무 쑥스러워하지 마세요. 말하지 않아도 압니다."

김운보가는 차준후를 아주 높게 평가하고 있었다.

미래의 이야기를 듣고서 차준후의 마음씨가 비단결처럼 좋다고 착각하고 있었다.

'아니라니까요.'

손발이 오그라드는 느낌을 받은 차준후가 속으로 외쳤다.

왜 이리 착각하는 사람이 많은가.

오늘처럼 변호사를 찾을 일이 많을 것 같아 종합 법률 사무소를 만들라고 조언했을 뿐이다.

말을 할수록 김운보의 착각이 깊어졌다.

음!

사실 김운보가 착각하든 말든 문제가 아니었다.

오히려 더욱 좋았다.

"예. 제가 착한 사람이었군요."

"착한 사람이 망하면 안 됩니다. 나쁜 사람이 부유하게 사는 게 아니라 착한 사람들이 잘나가는 모습을 보고 싶습니다. 제가 옆에서 최선을 다해 돕겠습니다."

김운보가 목소리를 높였다.

생각해 보니 열 받았다.

법을 어겨 가면서 나쁘게 살수록 잘살 수 있는 구조가 대한민국에서 만들어지고 있었다. 그런 구조를 용납할 수 없었다.

"그러세요."

차준후가 받아들였다.

알아서 돕겠다잖아!

고마운 일이었다.

"감사합니다."

잔뜩 상기된 김운보가 고개를 숙였다.

주먹까지 불끈 쥐면서 성취했다는 표정이었다.

"……."

그 모습에 차준후가 입을 다물었다.

당장 오해를 바로잡지 않았다.

오해를 풀려고 말을 내뱉을수록 착각의 늪이 더욱 심해

졌다.

그리고 도와주는 사람이 왜 감사해야 하는데?

도움받는 자가 고마워해야 하는 거 아닌가.

뭔가 약간 이상한 상황이 벌어졌다.

"론도 생활 화장품의 움직임에 맞춰서 대응할 겁니다."

"론도 생활 화장품을 박살 내시겠다는 말씀이시군요. 나쁜 짓을 저질렀으면 응분의 처벌을 받아야 마땅합니다."

법에 호소하는 변호사가 어느새 더 과격해졌다.

어느새 그가 차준후에 맞춰서 행동하고 있었다.

"내일부터 제가 계획한 일들이 진행될 겁니다."

"기대됩니다."

"내일 아침 조간신문을 보세요."

"벌써부터 내일이 기다려집니다."

차준후는 오전에 이하은 기자를 만나서 내일 아침 천하일보의 일면 광고를 꿰찼다.

기존에 실리기로 한 일면 광고 위약금까지 대신 물어주기로 했다.

처음에 이하은 기자가 난색을 표했다.

'대한민국을 뒤흔들 엄청난 특종이 있습니다.'

천하일보 일면 광고와 전면에 스카이 포레스트의 기사를 내보내는 대가로 차준후가 특종을 약속했다.

'제가 해낼게요. 천하일보에서 들어주지 않으면 다른 신문사에라도 넘길 테니까, 저에게 특종을 주세요.'

특종의 맛을 알게 된 이하은이 천하일보를 당장에라도 쳐들어갈 기세였다.
특종이 터지면 론도 생활 화장품 회사가 소란스러워지리라!
특종과 일면 광고는 론도 생활 화장품에 보내는 인사였다.

　　　　　＊　＊　＊

"사상님, 성분 분석을 마쳤습니다."
모준민이 처음으로 출근해서 차준후에게 보고했다.
"고생했어요."
받아 든 보고서를 살폈다.
아니나 다를까.
파라벤, 트리클로산, 페트롤라툼, 황색4호 · 적색 219호 합성 착색료 등 석유 화학 물질 등으로 범벅이 된 화장품들이었다.

"역시, 천연재료 성분을 찾아보기 힘들군요. 저렴하고 대량으로 만들기 위해서 석유 화학 물질로 대체한 게 명확해졌어요. 비용이 얼마나 나왔습니까?"

분석 성분과 실험 방법 등에 따라 가격이 달라진다.

고가의 장비를 활용하는 만큼 성분분석 비용은 저렴하지 않았다.

"지도교수님께서 무료로 해 드리겠다고 말씀하셨습니다."

"고가의 장비를 이용했는데 무료면 미안하죠."

"아닙니다. 돈을 받아 오지 말라고 단단히 주의를 주셨습니다."

애제자 모준민을 챙겨 준 게 너무나도 고마운 지도교수였다.

돈 때문에 학업에서 멀어질 뻔한 재능 넘치는 제자였다.

지도교수는 모준민을 대학원에서 다시금 가르칠 수 있어서 좋았다.

"흠! 돌아갈 때 회사 상품들을 가지고 가서 지도교수님과 주변 친구들에게 넉넉하게 돌리세요."

차준후가 돈 대신에 물건을 주기로 했다.

없어서 못 파는 스카이 포레스트의 상품들은 돈보다 귀했다.

"그렇지 않아도 구해 달라는 부탁을 받았습니다. 신경 써 주셔서 감사합니다."

모준민이 환하게 웃었다.

"아! 그리고 지도교수님에게 회사 자문관 생각이 있으신지 물어봐 줘요."

"자문관이요?"

"회사에 싱크 탱크를 만들려고 합니다."

"싱크 탱크가 뭡니까?"

"싱크 탱크는 교수를 비롯한 전문가들로 자문단을 조직해서 만드는 두뇌 집단을 의미합니다. 평소에는 원래 하던 일을 하시고, 회사 자문관으로 이름만 올려놓는다고 생각하면 됩니다. 자문료는 매달 지급될 것이고, 두뇌 집단의 구성원으로 있다가 필요할 때 지식을 빌려주시면 되는 겁니다. 회사를 창업하고 운영하다 보니 전문가들의 도움을 받아야만 하는 상황이 발생하네요."

차준후가 자신과 회사를 위한 지식인 집단을 만들려 하고 있었다.

이번 예기치 않은 사태를 당하면서 전문가들의 필요성을 느꼈다.

전문가들의 조언이 있으면 더 세련되고 화끈하게 움직일 수 있지 않을까?

사회적인 규제와 1960년대 환경 때문에 사실 갑갑한

게 많았다.

 1960년대를 잘 모르는 차준후에게는 주변에 뛰어난 사람들이 필요했다.

 "지도교수님께 말씀드려 보겠습니다. 제가 생각할 때 지도교수님께서 흔쾌히 허락할 것 같습니다. 사장님과 회사에 대해서 무척 궁금해하고 계시거든요."

 모준민은 지도교수까지 스카이 포레스트에 합류하는 날이 벌써부터 기대됐다.

* * *

 스카이 포레스트에 대한 기사가 천하일보 전면에 대서특필됐다.

 당연히 특종은 사람들의 관심을 불러일으켰다.

「낙농 사업 추진! 스카이 포레스트. 덴마크 해외 차관 도입 확정.」
「경기도에 100만평 규모의 젖소 목장이 들어선다.」
「수입하던 분유! 스카이 포레스트 자체 제작 시도」
「대형 경품 대잔치! 론도 생활 화장품의 2배」
「스카이 포레스트가 만들면 다르다. 구죽염치약 신제품 출시. 업계 최고의 품질을 자신한다.」

「월등히 좋아진 새 제품을 내보인 스카이 포레스트.」

론도 생활 화장품에서 스카이 포레스트의 제품들을 모방한 복제품을 내놓자마자, 이튿날 곧바로 스카이 포레스트의 구죽염치약와 신제품 출시가 곧바로 이어졌다.
사실 스카이 포레스트가 이름을 날리고 있다고 하지만 론도 생활 화장품에 비해 부족한 게 많았다.
공장과 회사 규모, 그리고 직원 수만 살펴봐도 론도 생활 화장품이 훨씬 더 크고 많았다.
"다윗과 골리앗의 싸움이다."
"작은 회사가 큰 론도 생활 화장품과 정면으로 부딪치고 있어."
"약한 스카이 포레스트를 응원하고 싶지만, 이기기 쉽지 않은 싸움이겠지."
대다수 사람들이 스카이 포레스트의 패배를 점쳤다.
이와 같은 분위기 속에서 천하일보의 전면광고가 매일 바뀌었다.

「스카이 포레스트 창업기념 대국민 특별봉사」
「스카이 포레스트가 국민의 성원에 감사한 경품대잔치」
「덴마크 해외 차관. 50만 달러 확정」
「스카이 포레스트가 해냈다. 덴마크와 손잡고 대한민국

낙농 사업 진출」

「스카이 포레스트가 만들면 차원이 다릅니다. 버전 2!」

초반에는 저렴한 가격을 앞세운 론도 생활 화장품의 분위기가 좋았다. 그러나 버전 2의 품질이 알려지기 시작하면서 서서히 분위기가 변해 갔다.

그 밑바탕에는 신문과 잡지 등에 아까지 않고 자금을 투입하면서 밀어붙이는 차준후가 있었다.

- 경품대잔치와 광고비로 과하게 돈을 쓰는 거 아니야?
"괜찮아. 이 정도 금액은 내게 큰 부담이 되지 않아."
- 그렇기도 하겠다.
서은영이 곧바로 인정했다.
"백화점 매출은 어때?"
- 첫날에만 조금 줄어들었어. 론도 생활 화장품에서 대현백화점과 창천백화점에 납품하고 있는 영향 때문인 것 같아. 그렇지만 경품대잔치 광고와 신제품 출시 이후에 매장 방문 구매 고객이 늘어났어.

그녀는 발 빠른 차준후의 대처로 인해 한시름을 놓을 수 있었다.
"돈을 쓴 보람이 있네."
- 론도 생활 화장품 때문에 네가 고생이 많겠다.

서은영이 걱정했다.
"그 정도는 아니야. 오히려 재미있어."
차준후의 목소리가 쾌활했다.
고생?
론도 생활 화장품은 고민거리도 안 됐다.
언제든지 가뿐하게 찍어 누르는 게 가능했다.
그리고 그걸 지금 실행하고 있다.
- 뭐라고?
"열심히 일하다 보니까 살아 있다는 걸 뼈저리게 느끼겠더라."
1960년대로 오고 난 뒤 처음으로 정신없이 움직였다.
당한 걸 돌려준다고 생각하자 절로 힘이 났다.

제4장.

부작용

부작용

- 무슨 말도 안 되는 소리야. 그럼 네가 살았지, 죽었니?
어이없어하는 서은영의 목소리가 전화기를 통해 들려왔다.
"비유적인 표현이잖아."
차준후가 어깨를 으쓱했다.
'진짜 죽었다가 깨어났어. 열심히 일한다는 게 그 자체만으로 축복이지.'
결코 꺼내지 못할 말이 마음에서만 맴돌았다.
- 구죽염치약 납품받을 수 있어? 납품되면 지하 생필품 매장 가장 좋은 곳에 판매대를 마련할게.
서은영이 전화를 건 가장 중요한 용건을 꺼냈다.
"납품할게."

치약은 화장품에 비해서 재료 구하기가 수월했다.

 사치품인 화장품이 아니라 생활필수품으로 분류되어 있기 때문이었다.

 소금공장에서 죽염을 납품받았고, 튜브를 플라스틱 공장에서 납품받았고, 전영식이 상표도안을 만들어 공영소에서 인쇄했다.

 100명 넘는 직원들이 작업실에서 엄청난 속도로 구죽염치약을 만들어 내고 있었다.

 - 고마워. 그런데 창천과 대현에도 납품 계획이 있어?

 "연락조차 없었어. 그리고 그들은 론도 생활 화장품의 복제품들을 받고 있잖아."

 차준후가 말했다.

 창천백화점과 대현백화점은 스카이 포레스트에 모욕을 당했다고 생각하고 있었다.

 백화점 업계에서 3위에 불과한 신화백화점에는 물건을 납품하면서 자신들을 제쳐 놓았기 때문이었다.

 이른바 괘씸죄가 적용되었다.

 - 론도 생활 화장품의 복제품들을 이용해서 이번 기회에 스카이 포레스트의 콧대를 찍어 누르겠다는 심산일 거야.

 서은영이 두 백화점의 움직임을 예의 주시하고 있었다.

두 백화점에서 저렴한 가격을 앞세운 황금용을 비롯한 신제품들이 불티나게 팔려 나갔다.

 가격이 저렴하다는 건 무시할 수 없는 장점이다.

 "신경 쓰지 않고 있어. 알아서 하라고 해."

 차준후는 기를 써 가면서 두 백화점에 납품할 생각이 눈곱만치도 없었다.

 두 백화점 말고도 팔 곳은 많았다.

 오히려 생산 물량이 공급을 맞춰 주지 못한다.

 물량이 없어서 납품하지 못하고, 신화백화점에 납품하는 일로 인해 두 백화점과 거리가 생기고 말았다.

 아쉬울 게 하나도 없었다.

 - 고마워.

 "황금용을 비롯한 신제품들에 대해서는 너무 걱정하지 마."

 - 대비책이 있구나.

 "물론이지. 버전 2는 그쪽 제품들에 비해 월등한 품질과 성능을 지니고 있어. 그리고 그걸 떠나서 알아서 무너지게 될 거야."

 - 무슨 소리야? 상세하게 말해 봐.

 "그쪽 화장품들 성분 분석을 해 봤어. 조금만 기다리다 보면 화장품 부작용들이 나올 거야."

 차준후는 확신했다.

좋지 않은 원료를 사용했으니, 민감한 피부를 가진 사람들에게서 부작용이 나올 수밖에 없었다.

부작용 소식을 들으면 대한민국 사람들이 모두 알 수 있도록 힘을 쓰리라.

곧바로 이하은 기자와 신문사들을 들쑤셔서 기사를 내보내도록 만들 생각이었다.

- 정말로?

"오래 걸리지는 않을 거야."

- 듣던 중 반가운 소리네. 그런데 언제 덴마크에서 해외 차관을 들여오기로 한 거야? 경기도에 100만 평짜리 목장을 만든다며?

"덴마크 대사관을 찾아가서 진행했지. 필요하다 보니 그렇게 됐어."

낙농사업에 관련된 속사정을 이야기하면 하루도 모자랐다.

- 세계적으로 움직이려고 하는구나. 이렇게 대단한 사내인 줄 예전에는 몰랐네.

놀라워하는 목소리이다.

그때는 대단하지 않았다. 사람이 바뀐 뒤에 대단해진 거지.

"국내는 너무 좁아."

차준후가 태연하게 말했다.

1960년대 대한민국은 너무나도 비좁았다.

세계를 놀라게 할 혁신적이며 획기적인 상품들이 그의 머릿속에 잔뜩 넘쳐 났다.

낙농 사업을 급하게 추진하는 것도 세계로 나아가기 위한 발판이었다.

- 어? 정말?

서은영이 당황했다.

약간 농담 섞인 이야기였기 때문이었다.

농담을 진담으로 받아들일 줄 몰랐다.

"빈약한 내수 시장이잖아. 세계로 뻗어 나가야 국내 기업들이 살아남을 수 있어."

최빈국인 대한민국 구매력은 바닥을 기는 수준이다.

수출주도형으로 변모해야 기업들의 폭발적인 성장이 가능하다.

조금만 나가면 수십억의 시장이 기다리고 있는데, 수천만 명의 시장에서 아등바등할 필요가 없었다.

- 포부가 정말 크구나.

서은영이 감탄했다.

차준후와 만나거나 대화하면 요즘 들어 항상 놀란다.

"성장하기 위한 몸부림이라고 보면 돼."

차준후가 무덤덤하게 대꾸했다.

- 아! 맞다. 아빠가 시간 괜찮으면, 언제 식사 한번 같

이하자고 하시더라.

"나중에 시간이 되면. 지금 바쁘니까 다음에 통화하자."

차준후가 말하면서 전화기를 내려놓았다.

식사?

서은영 아버지와 식사를 한 적은 단 한 번도 없었다.

신화백화점을 이끌고 있는 서은영의 아버지에 대한 기억이 떠올랐지만 한쪽으로 치워 버렸다.

우연히 기회가 오면 몰라도 억지로 찾아가서 만나고 싶지는 않았다.

* * *

번갯불에 콩 볶듯이 만들어진 구죽염치약이 시장에 출시됐다.

구죽염치약이 서울과 경기도 전역으로 퍼져 나갔고, 지방에서 올라온 총판과 상인늘에게 만느는 쪽쪽 필겼다.

「론도 생활 화장품. 스카이 포레스트의 특허를 베꼈나?」

「론도 생활 화장품 회사 A 씨가 검찰에서 조사를 받았다.」

「스카이 포레스트 생활용품 시장 진출은 론도 생활 화

장품의 도발에서 시작됐다.」

「흔들리는 론도 생활 화장품. 두 기업의 전쟁에서 과연 승자는 누가 될 것인가? 지금까지는 스카이 포레스트의 판정승이다.」

두 기업에 관련된 기사들이 매일 엄청나게 쏟아졌다.

국민들이 관심 있어 하니 기자들도 사방팔방 돌아다니며 자극적인 기사를 작성했다.

좋지 않은 기사들로 인해서 견실하던 론도 생활 화장품이 흔들렸다.

1등 자리의 프레쉬 치약 점유율이 빠른 속도로 떨어졌다.

그 자리를 구죽염치약이 야금야금 차지해 나갔다.

"싸움은 여론이 중요하지."

좋은 여론을 조성하기 위해 차준후가 신문사 전면광고에 매일 막대한 돈을 들이부었다.

신제품 출시 당일 단발로 신문을 이용했던 론도 생활 화장품과 대조적이었다.

돈맛을 제대로 보고 있는 신문사들이 스카이 포레스트에 좋은 기사들 위주로 내보냈다.

그리고 좋은 이야기들이 사실이기도 했다.

기자들이 거리낌 없이 론도 생활 화장품을 물고 뜯었다.

* * *

스카이 포레스트 사장실.
"잘 지내셨어요? 이하은 기자님."
차준후가 반갑게 맞이했다.
"덕분에 아주 잘 지내고 있죠. 다른 기자들이 저를 얼마나 부러워하고 있다고요. 편집장님이 저에게 최고라며 엄지손가락을 치켜세우셨고, 사장님께서 금일봉까지 하사하셨다니까요."
낙농 사업과 버전 2의 기사를 최초로 보도한 이하은의 얼굴에 함박웃음이 피어났다.
"제보할 내용이 있어서 불렀습니다."
"언제라도 달려올 수 있는 준비된 기자가 바로 접니다. 이번에도 불러 주셔서 감사해요. 제보할 내용이 무엇입니까?"
이하은이 탁자에 바짝 달라붙었다.
뜸 들이지 말고 빨리 이야기해 달라는 자세였다.
"론도 생활 화장품의 신제품 부작용에 대한 이야기를 들어 보셨나요?"
"부작용이요?"
처음 듣는 이야기에 이하은이 되물었다.
열심히 치고받고 싸우는 차준후의 말이었기에 선뜻 믿

기지 않았다.

"제가 틀린 말을 한 적이 있던가요? 직접 확인하면 누구라도 알 수 있는 일입니다."

차준하의 담담한 말에 이하은은 정신이 번쩍 들었다.

"죄송해요. 기자라서 의심하며 확인하는 버릇이 있어서 그랬어요."

그녀가 고개를 조아렸다.

특종들을 연달아 준 사람에게 무슨 짓을 저지른 거냐.

방금 전 자신의 말과 행동에 대해 반성했다.

"론도 생활 화장품 쪽에서 화장품 부작용을 개인의 민감한 피부 문제로 돌리고 있는 걸로 압니다. 그런 부작용치고는 피부 문제를 경험한 사람들이 너무 많습니다. 제품에 문제가 있다는 반증이죠."

"어떤 부작용들이 있나요?"

"머리카락이 빠지고, 입술이 부르튼다는 소식을 접했습니다. 다른 부작용들도 많고요."

"왜 그런 부작용들이 나오는지 알 수 있을까요?"

그녀는 기사에 녹여 낼 수 있는 전문적인 내용을 알고 싶었다.

전문가가 바로 눈앞에 있잖은가. 멀리서 찾을 필요가 없었다.

"여기 서울농대에서 받은 성분 분석 보고서입니다."

보고서에 서울농대의 직인이 붉게 찍혀 있었다.

"파라벤, 트리클로산, 페트롤라툼. 모두 처음 들어 보는 재료들이네요."

"제대로 활용했을 때는 문제가 없습니다. 그러나 저 원재료들을 잘못 사용하면 피부염, 알레르기, 두드러기, 두피 간지러움 등의 부작용을 유발합니다."

"잠시만 기다려 주세요. 받아 적어야겠어요."

이하은이 기자 수첩에 방금 들었던 내용을 꼼꼼하게 기록했다.

"제가 말한 부작용은 빙산의 일각일 뿐입니다. 직접 탐문하시면 아주 많은 부작용 사례를 접할 수 있을 겁니다."

"이 성분 분석표를 제가 가져가도 될까요?"

"드리죠."

"감사합니다. 탐문해 보고 기사를 작성해서 천하일보 일면에 싣도록 할게요."

"하루 기다려 보고 늦으면 다른 기자님에게 연락할 겁니다."

"제가 곧바로 움직일게요. 다른 기자 부르시면 절대 안 돼요."

이하은이 꾸벅 인사를 하고 난 뒤 재빨리 사장실을 벗어났다.

"론도 생활 화장품을 저격하는 좋은 기사 부탁합니다."

차준후가 창문 밖으로 보이는 이하은을 보면서 중얼거렸다.

잘못을 저질렀으면 벌을 받아야지.

심각한 부작용이 있다는 사실을 알면서도 판매했다면, 사람들의 지탄을 받아야 마땅하다.

그가 있는 사실을 그대로 밝혀 가면서 론도 생활 화장품을 압박해 가고 있었다.

* * *

"젠장!"

진인규가 재떨이를 바닥에 집어 던졌다.

유리로 된 재떨이가 깨져 나가고, 담배꽁초가 사방으로 흩어졌다.

"대체 왜 이렇게 된 거야? 육선빈 이사! 아무 문제 없이 특허를 빼돌렸다면서?"

"……."

육선빈이 고개를 푹 숙인 채 아무 말도 하지 않았다.

방금 전까지 검찰에서 열 시간 넘는 조사를 마치고 돌아왔다.

그 자신도 지금처럼 나빠질 줄 상상조차 못했다.

"알아보니까 특허청 직원 놈이 다 불었다고 하더라."

진인규가 검찰에 있는 정보원들을 최대한 동원해서 어떻게 돌아가는지 알아냈다.

"죄송합니다."

"직원 놈에게 80만 환만 줬다면서?"

"네?"

"못 들었어? 80만 환! 나머지 돈은 네놈이 꿀꺽 삼켰냐?"

"죽을죄를 지었습니다. 그 녀석이 처음에 300만 환을 이야기했는데, 제가 최대한 깎아서 80만 환으로 합의를 본 겁니다. 미처 말씀드리지 못한 겁니다."

육선빈이 털썩 무릎을 꿇고서 빌었다.

특허청 직원이 검찰에서 모든 걸 낱낱이 내뱉었다.

그 와중에 육선빈이 가로챈 금액까지 드러나게 됐다.

"하아! 박살 나기 싫으면 장난친 금액 당장 채워 놔라. 아니다. 원래 네가 시작하자고 한 이야기니까. 책임지고 300만 환 가져와. 알았어?"

"……네."

육선빈이 고개를 떨궜다.

중간에 재미를 보려다가 엄청난 손해를 보게 됐다.

그렇지만 여기에서 진인규에게 잘못 보였다가는 정말 낙동강 오리알 신세가 되고 만다. 쫓겨나지 않는 이상 어떻게든 달라붙어 있어야만 한다.

"변호사 붙여 줄 테니, 네 선에서 특허 문제를 마무리

지어. 모두 네 잘못이니까."

진인규가 육선빈을 쫓아내지는 않았다.

기분 같아서는 당장에 해고하고 싶었지만 그래도 능력이 있는 사내였다.

그리고 최측근으로 데리고 있었기에 서로 엮인 문제도 많았다.

해고했다가 육선빈이 악에 받쳐서 떠들고 다니면 진인규가 곤란해질 수도 있었다.

* * *

"알겠습니다."
"어휴, 진짜 천박한 새끼들. 처음에는 엄청나게 좋아했잖아. 2배 규모로 경품잔치를 연 스카이 포레스트와 비교를 해서 사람들이 우리를 좀생이로 만들고 있어. 이거 어떻게 할 거야?"

진인규가 넥타이를 거칠게 풀면서 물었다.

처음에는 정말 분위기가 좋았다.

그러나 이튿날 이어진 스카이 포레스트의 천하일보 소식을 인해 급반전했다. 그리고 구염죽치약이 시장에 풀리면서 분위기가 급속도록 나빠졌다.

"가장 좋은 건 경품잔치의 비용을 스카이 포레스트보

다 키우는 겁니다."

"한번 제대로 싸워 보자는 거지. 좋아. 우리는 그들보다 많은 500만 환을 경품 비용으로 지출하자."

진인규가 결단을 내렸다.

회사가 휘청거리더라도 스카이 포레스트를 이기겠다고 다짐했다.

"이봐. 구죽염치약 살펴봤어?"

"네."

험악한 분위기 때문에 말없이 있던 연구부장 이대관이 대답했다.

"그게 정말 대단한 물건이야?"

"……네."

"그럼 치약이랑 이번 신제품 복제할 수 있어?"

"……."

이대관이 침묵했다.

연구실에서 구숙염치약을 살펴보고 있었지만, 어떤 성분들이 들어갔는지 그리고 론도 프레쉬 치약보다 왜 탁월한지 정확하게 알아내지 못했다.

버전 2 역시 마찬가지로 복제에 난항을 겪고 있다.

매번 이야기하던 일주일 가지고는 결코 복제할 수 없었다.

일 년이 지나도 어렵지 않을까?

섣불리 입을 열 수 없었다.

"입이 있으면 말을 해. 닥치고 있지만 말고."

"어렵습니다. 알아낸 재료들로 만들어 보고 있지만 구죽염치약의 절반도 따라잡지 못하고 있습니다."

말이 좋아 절반이지, 채 30%도 따라 하지 못했다.

스카이 포레스트의 구죽염치약은 기존에 나온 치약들과 차원이 다른 혁신적인 제품이었다.

"하아!"

진인규가 한숨을 크게 내쉬었다.

왜 이렇게 됐을까?

화장품 시장에서 성과를 내기 위해 특허 서류를 빼돌렸을 뿐이었다.

그런데 그것이 부메랑이 되어서 돌아올 줄 전혀 몰랐다.

"아직 실망하기에는 이릅니다. 출시한 황금용을 비롯한 제품들의 매출이 좋게 나오고 있습니다. 제대로 경품 잔치를 열면 스카이 포레스트 놈들에게 한 방을 먹이는 게 가능합니다."

육선빈이 주장했다.

그의 말처럼 황금용, 설악산, 한라산의 매출이 잘 나오는 중이었다. 매출 규모도 조금씩 늘어나고 있었다.

스카이 포레스트에 비해 저렴한 금액이었기에 이용하는 사람들이 적지 않았다.

똑같은 품질 제품을 저렴하게 구매한 사람들의 호평이

잇따르기도 했다.

"화장품에서 잘 나오는 건 나도 알아. 하지만 스카이 포레스트에서 신제품을 내놓았어. 잘 안 팔릴 거라고 생각했는데, 여전히 불티나게 판매돼. 그에 반해 우리는 생활용품 시장에서 프레쉬 치약이 흔들리고 있다고, 이대로 시간이 지나면 일등 자리를 빼앗긴다니까."

스카이 포레스트가 론도 생활 화장품의 영역을 침범해 들어올 거라곤 예상하지 못했다.

기껏해야 소송을 하지 않을까?

아니면 경찰에 고소해서 법의 판단을 기다릴 거로 생각했다.

여태껏 론도 생활 화장품에 당한 다른 회사들이 모두 그랬으니까.

맞불을 놓겠다고 했지만 솔직히 두려웠다.

'지금껏 겪어 보지 못한 대응이야. 대체 어떻게 돼먹은 회사인 거냐? 꼬리를 말고 도망가야 정상인데, 오히려 잡아먹겠다고 달려드니.'

진인규가 속으로 걱정했다.

그렇지만 여기까지 와서 뒤로 물러날 수도 없는 노릇이었다.

박살 나서 깨지더라도 앞으로 나아가야만 했다.

"그런데 부작용은 대체 무슨 이야기야? 머리가 빠지

고, 입술이 퉁퉁 붓는다면서?"

진인규가 이대관에게 물었다.

"모든 화장품은 부작용들이 있습니다."

"누가 그걸 몰라서 물어? 스카이 놈들은 아무 문제가 없는데, 왜 우리 물건만 부작용이 나오느냐고?"

"더 저렴하고 빠르게 만들다 보니 미흡한 부분이 있는 모양입니다."

이대관의 이마에 식은땀이 흘렀다.

"지금 내 탓을 하는 거야? 특허 서류만 있으면 제대로 만들어 낼 수 있다고 했잖아!"

진인규가 버럭 소리를 내질렀다.

입수한 특허 서류에 스카이 포레스트의 원재료들과 구성 비율 등이 상세하게 기록되어 있었다.

사장 자리에 있으면서 나름대로 경험과 지식을 쌓은 진인규가 석유 화학 물질을 이용하면 획기적으로 원가를 줄일 수 있다는 사실을 알게 됐다.

그래서 천연재료들이 아닌 석유 화학 물질을 중심으로 해서 신제품을 만들라고 지시했다.

"그건 어디까지나 완벽하게 따라 했을 때의 이야기였습니다. 원가를 절감하려고 사용한 석유화학 물질이 문제를 일으킨 것 같습니다. 죄송합니다."

"하아! 연구부장이면 부작용이 없는 물건을 만들어 냈

어야지. 특허 서류를 보면서도 따라 하지 못하면 어쩌자는 거야."

"성분을 바꿔 가면서 연구하고 있습니다. 조금만 시간을 주십시오. 부작용을 잡아내려면 일일이 원재료를 바꿔 가면서 확인해야 합니다."

"그놈의 시간 타령은 오늘도 나오시는군."

진인규가 한숨을 내쉬었다.

능력 없는 이대관을 믿고 있다가는 오랜 시간이 지나도 부작용을 해결할 수 없을 것 같았다.

"스카이 사장은 잘도 부작용 없는 물건들을 만들어 내고 있잖아."

"사장님, 어차피 일부의 부작용일 뿐입니다. 크게 신경을 쓰지 않으셔도 됩니다. 평소처럼 개인의 피부 문제로 대응하면 그만입니다."

눈치를 살피던 육선빈이 조심스럽게 이야기했다.

가려운 부분을 싹싹 긁어 줬다.

"알아서 처리해."

진인규가 부작용을 대수롭지 않게 여겼다.

어차피 물건이 귀한 시기이다.

만들기만 하면 팔려 나간다.

물건들이 잘 팔리고 있기에 사람들의 부작용 이야기에 귀를 기울일 필요가 없었다.

그때였다.
따르르릉! 따르르릉!
전화기가 요란하게 울렸다.
"받아 봐."
진인규가 턱짓으로 육선빈에게 지시했다.
"대신 전화 받았습니다. 론도 생활 화장품 사장실입니다."
- 회장이다. 사장 바꿔.
"네."
대답한 육선빈이 딱딱하게 얼어붙었다.
"사장님, 회장님이십니다."
"아!"
창백하게 질린 진인규가 전화기를 받아 들었다.
"인규입니다, 아버지."
- 회사잖아. 회장님이라고 불러.
"네, 회장님."
- 이번에 아주 재미난 일을 벌였더구나.
"재미가 있었습니다만 지금은 없습니다."
- 잘 판단하고 있구나. 어떻게 대처할 생각이냐?
"상대방이 돈으로 밀어붙이고 있으니 저도 맞대응을 할 생각입니다."
- 쯧쯧쯧. 거기 사장이 누구인지는 알고 있니?
"차준후라고 들었습니다."

― 그런데도 그가 누구인지 몰라?

"네?"

― 돈으로 밀어붙이는 것도 상대방을 봐가면서 해야지. 무턱대고 쏟아붓기만 한다고 해서 경쟁에서 이기는 게 아니다.

"스카이 포레스트가 잘나간다고 하지만 자금에는 한계가 있습니다. 론도 생활 화장품이 작정하고 밀어붙이면 그쪽에서 물러날 겁니다."

― 쯧쯧쯧. 상대가 누군지 제대로 알아보지도 않았구나. 차준후는 재무부 차관의 아들이다. 엄청난 상속재산을 물려받았지. 돈이라면 결코 부족하지 않아.

"아!"

진인규가 탄성을 터트렸다.

재무부 차관 부부의 사망 이야기는 한때 떠들썩했었다.

물론 그것보다 더 사람들의 관심을 끈 게 엄청난 상속재산이었다.

그 상속재산을 물려받은 행운아가 바로 차준후라니, 놀랄 일이었다.

― 상대방을 제대로 알아보지 않고 부딪친 건 큰 실수다.

"죄송합니다."

입이 열 개라도 할 말이 없었다.

너무 가볍게 생각했다. 제대로 된 조사를 한 뒤에 접근했어야만 한다.

- 더 이상 싸우지 말고 스카이 포레스트와 합의해라.

"회장님!"

진인규가 반발했다.

- 덴마크에서 낙농 차관을 빌려 올 정도로 수완이 좋은 사내이다. 상공부를 아주 구워삶았더구나. 계속 싸워 봤자 손해만 볼 뿐이다.

론도그룹 회장 진남호가 차준후를 높이 평가했다.

아무도 해내지 못한 낙농사업을 일궈 냈다는 것만 해도 대단한 일이었다.

만약 싸워서 이겼을 때, 큰 이득을 본다면 모를까.

차준후가 보인 능력을 봤을 때, 싸우지 않는 편이 이득이었다.

"회장님, 이대로 물러나는 건 억울합니다. 손해가 너무 큽니다."

- 지금 물러나는 게 손해를 줄이는 길이다. 그쪽에서 다른 생활용품들을 준비하고 있다는 이야기가 있다.

새로운 혁신적인 생활용품들을 만들기 위해 차준후가 여러 공장들과 이야기를 나누고 있었다.

그 이야기가 론도그룹 회장실까지 흘러 들어갔다.

론도그룹의 진남호가 차준후와 스카이 포레스트의 움직임을 예의 주시했다.

"정말입니까?"

진인규가 기겁하고 말았다.

구죽염치약만 해도 치명상을 입은 거나 마찬가지다.

그런데 다른 제품들까지 준비하고 있다고?

이건 말도 안 되는 일이다.

물건 하나 만들기가 얼마나 어려운 일인가? 단순히 공장에서 찍어 내는 것과는 차원이 달랐다.

- 그쪽 사장과 척을 져서 좋을 일이 없다는 이야기다.

"……."

미칠 정도로 놀라운 차준후의 능력에 진인규가 할 말을 잃어버렸다.

머릿속에서는 더 이상 싸우지 말라고 하고 있었다.

그러나 이대로 물러나기에는 너무나도 분하고 억울했다.

항상 상대를 찍어 누르고 괴롭히기만 했지 반대로 당하는 건 처음이었다.

- 때로는 물러나는 게 이기는 거다.

실패를 통해서 더욱 크게 배워 성장할 수도 있다.

인생에서 어떻게 매번 이기기만 하겠는가.

진남호는 이번 기회에 진인규가 많은 걸 깨닫기를 바랐다.

"알겠습니다. 합의하겠습니다."

진인규가 결국 받아들였다.

아무리 생각해도 방법이 없었다.

손발이 묶인 상태로 두들겨 맞는다고 할까?

새로운 제품이 출시되면 더욱 큰 피해를 입을 게 확실했다.

진남호의 말대로 지금 물러나서 항복하는 게 현명한 대처였다.

- 잘 생각했다. 고생해라.

진남호가 전화를 끊었다.

이번 사태에 최고경영자는 책임을 져야 했다.

그리고 론도 생활 화장품을 이끌고 있는 건 바로 진인규였다.

굴욕스럽더라도 이럴 때는 고개를 숙여야만 한다.

사업가라면 간과 쓸개를 떼어 놓을 어려운 때가 종종 생긴다.

서로 잘 화해하는 그림을 진남호가 그렸다.

론도그룹을 이끌어 가고 있는 회장 진남호의 명령을 거역할 수 없었다.

"하아!"

진인규가 깊은 한숨을 내뱉었다.

"스카이 포레스트 사장실 연결해 봐. 차준후라는 녀석을 만나 봐야겠다."

진인규가 씹어뱉듯이 말했다.

"네."

육선빈이 전화기를 들었다.
"스카이 포레스트 사장실 부탁합니다."
- 연결해 드릴 테니, 잠시만 기다려 주세요.
전화교환원의 상냥한 목소리가 이어졌다.
- 스카이 포레스트 사장실의 종운지 비서입니다.
"여기는 론도 생활 화장품 사장실입니다. 우리 사장님께서 그쪽 사장님과 대화를 나누고 싶다고 하십니다."
- 잠시만 기다려 주세요.

차준후는 무너뜨리지는 못해도 단시간 내에 최대한 론도 생활 화장품을 괴롭히려고 작정하고 있었다.
어떤 신제품을 출시해서 괴롭힐지 고민하고 있을 때, 종운지가 차준후를 불렀다.
"사장님, 론도 생활 화장품 사장실에서 전화가 왔어요."
"갑자기?"
느닷없는 전화에 차준후기 반문했다.
"받지 않겠다고 거절할까요?"
"그럴 필요는 없습니다. 받아 보죠."
차준후가 의자에서 일어나 전화기를 들었다.
치열하게 격돌하는 상대방에서 전화를 한 이유가 궁금했다.

제5장.

진남호

진남호

"전화 받았습니다. 차준후입니다."
- 잠시만 기다려 주십시오. 사장님을 바꿔드리겠습니다.
전화를 먼저 걸어 놓고 기다려 달라니, 역시나 예의가 없었다.
아직까지도 자신들이 우위에 서 있다고 생각하는 모양이다.
- 론도 생활 화장품 사장 진인규요.
"무슨 일이죠?"
- 더 이상 싸우지 말고 화해합시다. 서로 부딪쳐 봐야 손해이니까.
말 같지도 않은 소리다.
정말로 화해하고 싶으면 자신들의 잘못부터 사과함이

마땅하다.

적어도 차준후는 그렇게 생각했다.

"훗!"

차준후가 웃었다.

이게 화해하자는 태도인가? 누가 봐도 통보였다.

잘못을 저지른 쪽에서 싸우지 말자면 고분고분 화해해야 하나?

- 왜 웃는 거지?

기분 나빠하는 걸 숨기지 않는 목소리였다.

아직도 자신들이 갑의 위치에 있다고 생각하는 듯했다.

그렇다면 누가 더 우월한지 알려 줘야지.

이 다툼을 끝낼 수 있는 건 론도 생활 화장품이 아닌, 칼자루를 쥐고 있는 차준후였다.

"손해라고 하니까 웃었소. 나는 손해가 아니니까."

- 정말 끝까지 가자는 말이오?

이를 부득부득 가는 신인규였다.

"그쪽에서 먼저 시작한 일이니, 갈 데까지 가 봅시다."

차준후는 물러설 생각이 없었다.

이왕 격돌했으면 한쪽이 부도가 날 정도로 격렬하게 부딪칠 각오가 있었다.

그리고 아무리 생각해 봐도 쓰러지는 쪽은 스카이 포레스트가 아니었다.

확실히 승리할 자신이 있었다.

적반하장으로 나오는 상대방에게 굽혀 줄 이유가 전혀 없었다.

- 론도그룹의 전방위 압박을 감당할 수 있겠소?

진인규가 론도그룹까지 끌어들였다.

자신이 감당하지 못했기에 진남호의 힘을 빌렸다.

"감당 못 할 이유가 하나도 없죠. 하고 싶은 대로 하세요. 전화 끊겠습니다."

차준후가 더 이상 이야기를 들어 주고 싶지 않았다.

- 아직 내 말 끝나지…….

전화기를 내려놓았다.

자신의 주장만 하는 멍청한 진인규와의 대화는 피곤하기만 했다.

저쪽 사정은 알 바가 아니다.

하고 싶은 대로 한다면, 이쪽에서도 마음대로 할 뿐이다.

"사장님, 론도 생활 화장품에서 왜 전화를 한 건가요?"

"그만 싸우자고 하네요. 그런데 말과는 달리 싸우고 싶은 분위기가 풀풀 풍기네요."

"아! 그럼 그쪽과 계속 다투는 거네요."

"그렇죠. 걱정하지 마세요."

"제가 왜 걱정을 하겠어요? 당하는 쪽은 론도 생활 화장품이 될 텐데요. 사장님에게 덤벼든 론도 생활 화장품이 엄청나게 불쌍하죠."

피 흘리며 휘청거리는 론도 생활 화장품의 모습이 좋운지의 눈에 아른거렸다.

"잘못된 일에 대한 응징입니다."

전화를 받고 기분이 좋은 차준후다.

상대방이 화해를 청한다는 건 그만큼 다급하다는 이야기였으니까.

이럴 때일수록 필요한 건 더욱 강력한 압박이다.

새롭게 출시할 물품으로 뭐를 선택할지 즐거운 고민을 계속했다.

흔들리고 있는 상대를 괴롭히는 건 어렵지 않았다.

그의 머릿속에 미래의 물품들이 수없이 떠올랐다 사라지기를 반복했다.

* * *

스카이 포레스트는 짧은 시간에 치약업계의 강자로 올라서고 있었다.

어느새 생산 물량만 뒷받침된다면 업계 1위로 올라서는 거 아니냐는 말들까지 나돌았다.

「론도 생활 화장품 신제품. 부작용 많다!」

「황금롱 사용 후 머리카락 빠져서 대머리 됐다!」
「설악산과 한라산 제품 사용자들 주의 요망. 입술 뒤집히는 사람들 속출하다!」

 론도 생활 화장품의 신제품 부작용에 대한 기사가 천하일보에 올라왔다.
 뒤를 이어 다른 신문사에서도 보도가 이어졌다.
 건강과 직접적으로 관련된 심각한 부작용들 때문에 국민들의 관심이 폭발했다.
 "몹쓸 회사네."
 "돈만 보고 국민 건강을 위협하는 나쁜 회사다."
 "내 머리를 봐? 풍성했던 머리카락이 잔뜩 빠져 버렸어. 이제부터 그 회사 물건을 사용하지 않을 거야."
 "원래 대머리였잖아."
 "앞머리가 빠지고는 있지만 옆머리는 풍성했어. 대머리 아니야."
 론도 생활 화장품의 추락이었다.
 론도 생활 화장품이 장악하고 있던 생활용품 시장에 지각변동이 일어났다.
 엄청난 회사의 이미지 손상과 함께 생활용품에서 차지하고 있던 점유율이 팍팍 떨어졌다.
 론도 생활 화장품이 대책을 마련해서 이미지 추락을 막

으려고 했지만 속수무책이었다.

그리고 더욱 치명적인 사태가 벌어지고 말았다.

스카이 포레스트의 신제품들이 연달아서 튀어나왔다.

샴푸! 비누!

두 품목 모두 론도 생활 화장품이 1위를 차지하고 있는 물건들이었다.

샴푸와 비누는 스카이 포레스트가 국내 생활용품 업계 3위인 지엘화학과 손을 잡고 함께 출시했다.

"스카이 포레스트에서 칼을 단단히 갈았나 본데? 세 개 전부 론도 생활 화장품한테 있어서 치명적이야."

"론도 생활 화장품이 쓰러지면 좋겠다."

"그들이 가지고 있던 시장을 우리들이 차지할 수 있으니까."

두 회사의 다툼이 너무나 쉽게 스카이 포레스트 쪽으로 기울고 말았다.

이대로 적돌이 심화되면 론도 생활 화장품이 심각한 타격을 입게 될 것이 불 보듯 뻔했다.

과도한 비용을 지출하면서 버티고 있지만 론도 생활 화장품의 텃밭인 생활용품 시장에서 점점 손실을 보고 있었다.

이대로 계속 공격을 당한다면 론도 생활 화장품이 쪼그라들다 못해서 쓰러질 수도 있었다.

* * *

"회장님, 도련님께서 스카이 포레스트 사장과 결국 화해를 하지 못했습니다."

"어리석은 녀석! 결국 자기 고집을 꺾지 못했어."

진남호가 혀를 찼다.

지금까지는 기대를 저버리지 않았다.

론도 생활 화장품은 이미 궤도에 올라 있었다.

진인규는 사장 자리에 오른 후, 수단과 방법을 가리지 않고 사업을 잘 펼쳐 나갔다.

그러나 그게 독이 되었다.

위기를 겪어 보지 못했으니, 어려운 상황에 부닥치자 어리석은 선택을 하고 말았다.

"화해를 하려고 했지만 차준후 씨가 거절한 것으로 알고 있습니다."

탄탄한 체격의 비서실장 설한승이 보고했다.

"갈등이 심했는데 곧바로 화해의 손길을 받아들이겠는가. 허리를 굽혀 가면서 사죄를 했어야지. 그러지 못한 결과 때문에 지금 론도 생활 화장품이 휘청거리고 있잖아."

진남호가 못마땅한 표정을 숨기지 않았다.

어렵게 시작해서 천신만고 끝에 지금의 론도그룹을 일궈냈다.

 그룹의 계열사들은 그의 자식이나 마찬가지였다.

 계열사들이 모두 잘되기를 바라면서 자식들에게 사장 자리를 맡겼다.

 그런데 믿고 있던 장남 진인규가 실망스런 모습을 보이고 있었다.

 "도련님께 다시 전언하겠습니다."

 "됐어. 내가 나서야겠어."

 "회장님, 그건 너무 급이 맞지 않습니다."

 "급? 지금 그런 걸 따질 때가 아니야. 봐! 차준후가 우리를 물어뜯기 위해서 지엘화학과 손을 잡았어. 그놈은 다른 녀석들과 달라. 나는 잘못하면 그룹까지 위험해질 수 있다고 봐."

 진남호가 차준후를 대단히 높게 평가했다.

 "설마 그렇게까지 되겠습니까?"

 설한승이 믿지 않았다.

 일본자금으로 성장한 론도그룹이 휘청거리면 대한민국 경제가 흔들릴 수도 있었다. 잘나가는 기업들 가운데 다섯 손가락 안에 들어갔다.

 "혁신적인 상품들을 마구 쏟아 내잖아. 벌써 여섯 개야. 그의 머릿속에 다른 물건들이 들어 있으면 어떻게 할 거야? 그걸 감안하면 내 말이 결코 허튼 게 아니지. 차준후는 요즘 무얼 하고 있나?"

"낙농 차관을 받기 위해 덴마크로 나갈 준비를 하고 있다고 합니다. 한동안 바쁘게 움직이더니 근래에는 여유롭게 지내고 있습니다."

"세 개를 빼앗기고, 세 개를 빼앗아 간 건가?"

진남호가 차준후의 마음을 짐작해 냈다.

아직은 어린 건가?

자신이었다면 아예 백기 투항을 할 때까지 계속 상대를 붙잡고 늘어졌을 거다.

아닐 수도 있다.

언제든지 해결할 수 있다는 자신감 때문에 잠깐 휴식 시간을 가졌을지도 몰랐다.

"론도 생활 화장품에 설치할 장비들이 부산항을 통해 들어와 있지?"

"통관 대기 상태로 현재 부산항만 창고에 있습니다. 일본에서 들여온 자동화시설들로, 유화기와 원료 탱크 그리고 포장 설비들입니다."

론도그룹은 자동화시설들을 일본에서 수입하기 위해 갖은 노력과 고생을 겪어야만 했다. 자동화시설들이 론도 생활 화장품에 장비되면 엄청난 위력을 발휘할 수 있었다.

"그것들을 스카이 포레스트에 줘야겠어."

"네? 무슨 말씀이신지요?"

"화해의 선물로 들고 가려고."

"말도 안 됩니다."

진남호의 말이라면 죽는시늉도 하는 설한승이 반발했다. 그도 그럴 것이 장비들만 해도 엄청난 고가였다.

돈이 있다고 해도 정부에서 수입 허가를 받기도 쉽지 않았다.

자동화시설들이 있으면 론도 생활 화장품은 몇 단계 성장할 수 있었다.

"이왕 화해하려면 화끈한 선물을 줘야 하는 법이야. 아까워하면 스카이 포레스트와 잘 지낼 수 없어."

진남호가 이번 기회에 스카이 포레스트와 가깝게 지낼 마음을 굳혔다.

"회장님, 다른 걸 주실 생각은 없습니까? 아무리 생각해도 너무 아깝습니다."

"아까운 걸 생각하면 장사 못해. 생색을 내려면 상대가 고마워할 걸 줘서 제대로 해야지. 스카이 포레스트에서 전부터 자동화시설을 알아보고 있었다고 하잖아. 그러니까 그것들이 선물로 어울리지."

안 줄 거면 몰라도 주려면 화끈하게!

차준후에게 다가서기 위한 진남호의 선택이었다.

진남호가 전화기를 들었다.
"안내원, 스카이 포레스트 사장실 부탁해요."
- 잠시만 기다려 주세요.
뚜루루루! 뚜루루루!
신호 연결음이 울렸다.
- 전화 받았습니다. 스카이 포레스트 사장실의 종운지 비서입니다. 용건을 말씀해 주세요.
"안녕하시오. 론도그룹 회장 진남호이외다. 스카이 포레스트 사장님과 통화를 하고 싶어 연락드렸소."
진남호가 정중하게 용건을 이야기했다.
- 아! 죄송한데요. 사장님께서 잠시 자리를 비우셨어요.
놀란 종운지의 목소리가 전화기를 타고 울렸다.
대한뉴스에도 자주 등장하는 론도그룹의 회장이 등장할지 상상도 하지 못한 탓이다.
"언제 돌아오는지 알 수 있을까요?"
- 직원들 간식을 구매하러 잠시 나가셨어요. 한 시간 내로 돌아오실 예정입니다.
"다시 전화를 드리지요."
진남호가 웃음을 지었다.
직원들 간식을 사기 위해 사장이 나간다고?
생각지도 못한 일이다.
"직원들을 끔찍하게 생각하는구나."

정말 여러모로 사람을 놀라게 만드는 차준후였다.

일반인들은 획기적인 상품을 개발하기에도 부족한데 여유롭게 돌아다닌다는 뜻이었다.

"천재는 다른 건가? 이해할 수 없는 부분이 많아."

식도락 취미가 생겼기에 자신이 먹을 걸 찾는 겸해서 움직이고 있을 뿐이다.

혼자 먹지 않고 직원들 것까지 챙기는 것이다.

차준후의 입장에서 자신을 위하는 일이었기에 전혀 번거롭지 않았다.

그의 식도락 취미가 진남호에게 착각을 불러일으켰다.

"사장님, 반 시간 전에 론도그룹 회장님이 직접 전화를 걸어왔는데, 사장님께서 부재중이라 조금 후에 다시 연락을 준다고 하셨어요."

찹쌀떡을 건네받은 종운지가 차준후를 보자마자 이야기했다.

"왜 전화를 했다고 하던가요?"

차준후가 종운지의 호들갑에도 불구하고 전혀 놀라지 않았다.

론도그룹 회장 진남호!

대단한 사람이라는 걸 알았지만 그뿐이었다.

아이를 때렸더니 어른이 등장한 건가?

다만 무슨 용건으로 전화했는지 궁금했다.

* * *

"용건을 꺼내지 않고, 사장님과 통화하고 싶다고만 하셨어요. 제가 물어봤어야 했네요. 죄송합니다."
"괜찮아요."
"제가 론도그룹 회장실로 전화해 볼까요?"
"기다리면 다시 전화가 오겠죠. 신경 쓰지 말고 일 보세요."
차준후가 자리로 돌아가서 찹쌀떡을 먹기 시작했다.
맛있는 찹쌀떡과 함께 즐거운 시간을 보내고 있을 때였다.
따르르릉! 따르르릉!
전화기가 요란하게 울었다.
매번 들어 봐도 참으로 단순한 전화 소리였다.
저 전화벨 소리를 바꿔도 많은 사람들이 찾지 않을까?
차준후가 미래에서는 마음에 드는 전화벨 소리를 골라가며 선택할 수 있다는 걸 떠올리며 웃었다.
"사장님, 론도그룹 회장님이세요."
종운지가 차준후에게 알렸다.
"전화 받았습니다. 차준후입니다."

- 론도그룹 진남호이외다. 아들의 잘못으로 불쾌함을 드려 죄송하다는 말부터 전하겠소.

"불쾌하기는 했죠."

차준후는 감정을 숨기지 않았다.

예의를 차려서 아니라고 말할 수도 있었으나, 당돌하게 답했다.

- 사죄를 하기 위해 방문하고 싶소이다.

진남호가 만남을 청했다.

전화를 통한 말만이 아닌 제대로 된 사죄를 하겠다는 이야기였다.

"기다리겠습니다."

차준후가 잠시 생각에 빠졌다가 승낙했다.

진남호는 론도그룹의 회장이자 앞으로 생겨날 대한민국 재벌 역사의 산증인이라고 할 수 있었다.

그런 사람이 오겠다는 데 반대할 이유가 없었다.

사죄를 하겠다는데, 뭐를 들고 올 생각일까?

"아! 여섯 시에 칼처럼 퇴근해야 하니까 다섯 시까지는 오시면 좋겠네요."

차준후가 말했다.

신규 직원들을 채용하고 난 뒤로 자신의 출퇴근 시간을 원래대로 되돌렸다.

잔업시간에 맞춰 가면서 바쁘게 움직이다 보니 직원들

이 눈치를 보는 것만 같았기 때문이었다.
 '사장이 없어야 직원들이 편하겠지.'
 알아서 열심히 하는 직원들을 배려해 줬다.
 그러면서 자신에게도 여유를 줬다.
 사장과 직원들이 모두 좋은 일이었다.
 퇴근 시간을 진남호 때문에 늦추고 싶지 않았다.
 - 알겠소이다. 다섯 시 전까지 가도록 하지요.

　　　　　　＊　＊　＊

"차를 빨리 준비시키게. 다섯 시까지는 스카이 포레스트에 도착해야겠어. 그래야 한 시간은 대화할 수 있을 테니까."
 전화를 끊은 진남호가 지시했다.
 자신에게 할 말을 다 하는 차준후의 말을 들으면서 당돌하다는 생각도 들었지만 자신감으로 받아들였다.
 그의 앞에서 자신만만한 젊은이를 보는 건 오랜만이었다.
 "직접 움직이시려는 겁니까? 차라리 그를 회사로 부르는 편이 좋아 보입니다. 회장님, 제가 전화를 걸어서 오라고 전하겠습니다."
 설한승이 반발했다.

진남호는 필요하면 이승민 대통령과도 독대를 요청하던 사람이었다.

그런 대단한 사람을, 요즘 잘나간다고 다섯 시까지 오라고 하다니?

젊은 사람이 너무 막 나가는 거 아닌가.

아무리 생각해 봐도 괘씸했다.

"그건 예의가 아니지. 잘못을 저질렀으니 직접 움직이는 게 맞네."

"하지만 회장님의 체면이 깎이지 않습니까?"

"장사꾼은 체면을 따지면 안 돼. 이득이냐 아니냐를 봐야지. 이득이라고 생각하니까 움직이는 거야. 그러니까 군소리 말고 차를 대령하게."

* * *

검은색 닛산 블루버드 차량 한 대가 스카이 포레스트 정문으로 진입했다.

영국 오스틴사로부터 기술을 이전받아 생산해서 일본에서 불티나게 팔리고 있는 이른바 히트 차량이다.

'흠! 새천년 자동차인가?'

창문을 통해 블루버드를 목격한 차준후가 몇 년 뒤에 출범할 자동차 회사를 떠올렸다.

블루버드 차량은 한국에서 조립 생산되었고, 새천년이란 이름으로 판매하면서 많은 인기를 끌게 된다.

국내에서 자체 생산되고 있는 시발 승용차와는 차원이 다른 자동차였다.

똑똑똑!

사장실을 두드리는 노크 소리가 울렸다.

"들어오세요."

"실례하겠소."

문이 열리며 두 명의 사내가 안으로 들어섰다.

웃고 있는 진남호와 딱딱하게 얼굴을 굳히고 있는 설한승이었다.

"진남호이외다. 오시라고 해서 왔지요."

"인사드리겠습니다. 차준후입니다."

차준후가 진남호를 맞았다.

"먼저 자식의 잘못을 용서 구하지요."

곧바로 허리를 숙이는 진남호였다.

그 옆에서 못마땅해하는 설한승도 따라서 허리를 숙였다.

'와! 대단한 사람이라고 듣기는 했는데, 이렇게 나올 줄은 몰랐네.'

차준후가 진남호의 행동을 보면서 놀랐다.

사회적 체면과 신분이 있는데도 불구하고 다짜고짜 용서를 구할 줄 상상도 못했다.

그런데 왠지 모르게 저 행동에 당당함이 보였다.

"일어나시죠. 이러면 불편합니다."

"알겠소이다."

"앉으셔서 대화를 나누죠."

"그럽시다."

두 사람이 소파에 앉았다.

설한승이 진남호의 뒤에서 대기했다.

딱딱하게 굳은 모습으로 차준후를 날카롭게 쳐다보았다.

"어르신, 녹차를 좋아하신다고 들었습니다. 얼음 동동 띄운 시원한 녹차를 준비하면 되겠습니까?"

진남호의 녹차 사랑은 유명하다.

"호오! 내 취향을 알고 있다니 대단하군요. 녹차로 먹지요."

그는 얼마 전부터 녹차에 푹 빠졌다.

보성에 녹차밭을 만들 계획까지 품고 있었다.

녹차를 좋아하고 있다는 걸 알고 있는 사람들은 그렇게 많지 않았다.

그런데 차준후가 알고 있다니?

정보 획득이 빠르다는 이야기였다.

론도그룹에 대해서 차준후가 예의 주시를한다는 것과도 일맥상통한다.

그렇게 진남호가 오해했다.

그저 미래에서 알게 된 진남호 녹차 사랑을 꺼낸 사실만으로.

"저는 늘 가져다주는 걸로 부탁해요."

"네."

종운지가 탕비실로 향했다.

"시간을 내줘서 고맙소이다."

진남호가 어린 차준후에게 반존대를 사용했다.

처음 보는 사이였고 자식인 진인규의 잘못을 용서구하기 위한 자리인 탓도 컸다.

"예. 하실 이야기가 있으면 말씀하세요."

차준후가 정중한 진남호에게 방문 이유를 물었다.

뒤에서 지켜보고 있는 설한승의 표정이 더욱 딱딱하게 굳어 갔다.

'하룻강아지 범 무서운 줄 모른다더니, 천둥벌거숭이 녀석이다.'

론도그룹을 이끌고 있는 회장이 바로 진남호다.

이승민 대통령도 정중하게 대했다.

이제 막 이름을 알리기 시작한 차준후가 함부로 대할 수 있는 분이 절대 아니었다.

"증축을 하고 있군요."

"연구소를 만들고 있습니다."

"연구소가 생각보다 큽니다?"

스카이 포레스트가 지금 사용하고 있는 건물보다 새롭게 만들고 있는 연구소가 컸다. 일 층으로 사용하던 건물을 백호벽돌에게 맡겨서 삼 층으로 증축하고 있었다.

"크지 않죠. 저것도 작다고 봅니다."

차준후의 마음에 있는 연구소는 지금 건물보다 컸다.

우선 당장 국내 최대 규모의 연구소를 만들고, 동양권 최대로 발전시키고, 종국에는 세계 최대를 꿈꿨다.

"대단하군요."

진남후가 차준후의 말에 감탄했다.

지금의 화장품 회사들은 연구소를 대수롭지 않게 생각한다.

그러나 앞으로의 기업 성장에 있어 연구 개발은 결코 빼놓을 수 없는 중요한 부분이다.

그 중요한 부분을 창업 초창기부터 신경 쓰고 있으니, 잘 나가는 데는 다 이유가 있었다.

"화상품을 연구, 개발하는 회사라면 당연한 겁니다."

"옳은 이야기입니다. 연구 개발에 신경을 쓰고 있는 거였군요. 역시, 혁신적인 상품은 그냥 나오는 게 아니죠."

진남후가 차준후의 성공 이유를 알아냈다.

'미래에서 오면 쉽게 나오기도 합니다.'

차준후가 진남후의 오해를 내버려 뒀다.

어떻게 설명할 길이 없었다.

당연하다는 듯 침묵하고 있는 모습이 진남후가 더욱 감탄했다.

이처럼 소위 깨어 있는 사내와 싸우는 건 지극히 어리석은 일이다.

"이번 잘못에 대한 사과 조치로 자동화 설비를 선물하고 싶습니다."

"자동화 설비요?"

"일본에서 수입한 유화기와 원료 탱크, 포장 장비들이 있습니다."

"그 설비들을 그냥 주겠다는 말입니까?"

"사과 선물입니다. 허락만 해 주면 부산항만 창고에 있는 물건들을 스카이 포레스트로 옮기지요."

"과하네요. 먹었다가는 체할 수 있을 정도로."

차준후가 말했다.

"순수한 선물입니다."

순수하다는 걸 강조하는 진남호다.

그러나 선물에 담겨 있는 진의를 차준호가 알고, 진남호도 알았다.

"고맙습니다. 앞으로 잘 지내 보죠."

차준후가 선물을 받아들였다.

쓸데없는 고민을 그만뒀다.

준다는 걸 받으면 그만이었다.

아주 화끈한 선물이었다. 마음속에 있던 론도그룹에 대한 불만이 싹 사라졌다.

"저도 받은 거에 뒤지지 않는 선물을 하나 드리죠."

"어떤 선물인가요? 기대가 됩니다."

"미국에서 론도그룹에게 제기하려던 소송을 머릿속에서 지워 버리겠습니다."

"미국 소송이요?"

"혹시라도 유출될 걸 염려했기에 특허를 미국에 먼저 출원했습니다."

"아!"

진남호가 박제라도 된 것처럼 딱딱하게 굳어 버렸다.

젊었을 적 미국으로 넘어가서 공부까지 했었다.

지적재산권에 대해 엄격한 미국법에 대해 잘 알았다.

'하는 행동을 보면 미국에서 로비를 벌이고도 남는다.'

잘못 걸리면 징벌적 손해배상으로 인해 엄청난 손해를 입을 수도 있다.

생각만 해도 끔찍했다.

"이제는 다 지나간 일입니다. 앞으로 잘 지내면 되겠죠."

차준후가 웃으며 말했다.

"좋게 협력하며 지내봅시다."

진남호가 어색하게 웃었다.

'역시 무서운 사내였군. 일찍 찾아오지 않았으면 위험

할 뻔했어.'

속으로 식은땀을 흘려야만 했다.

두 사람이 다투던 사이에서 상생하고 지내자며 우의를 다졌다.

"협력하면 좋은 시너지, 상승효과를 낼 수 있다고 생각합니다."

"화학, 유통, 건설, 백화점 등 다방면을 다루고 있는 론도그룹입니다. 스카이 포레스트가 하고자 하는 여러 사업을 뒷받침해 줄 수 있는 힘이 있지요."

론도그룹의 문어발은 1960년대부터 시작되었다.

"전 다방면에 진출할 생각이 없습니다. 그저 화장품에 관련된 사업에만 집중하려고 합니다."

"생각이 없다고요? 그럼 낙농 사업은 왜?"

"아! 그것도 결국에 화장품과 연결됩니다. 화장품을 만들기 위해서 신선한 우유가 필요하거든요."

"하하하하!"

놀란 진남호가 헛웃음을 터트렸다.

기가 막혔다.

화장품을 만들기 위해 대한민국의 숙원 사업 가운데 하나인 낙농 사업을 벌인다고?

이게 말이 되는 건가.

'보여 주는 행보가 하나같이 심상치 않아. 무조건 친하

게 지내야 할 사람이다.'

대한민국에서 쟁쟁한 기업들이나 사업가들도 하지 못하는 게 바로 낙농 사업이다.

"우유에는 화장품을 만드는 데 있어 유익한 성분들이 많거든요."

화끈한 선물을 받은 김에 차준후가 친절하게 설명해 줬다.

"배포가 참으로 대단합니다."

"어쩌겠어요. 다른 사람들이 하지 않는다고 하니 필요한 사람이 움직여야죠."

"화장품을 만들겠다고 낙농 사업을 하는 사람은 대한민국에 차준후 사장 빼고는 없을 겁니다."

낙농 사업이 유익할 것이라는 예측을 할 수는 있다.

하지만 낙농 사업 초창기에는 최빈국인 대한민국에서 당분간 손해를 볼 수밖에 없다.

밥을 먹기도 힘든데 우유와 분유까지 사 먹기에는 힘들다.

세다가 낙농 사업을 하려면 젖소, 목장, 착유 장비, 냉장 유통 등 필요한 기반이 엄청나다.

엄청난 가시밭길이 예상되기 때문에 기업들이 적극적인 정부의 권유에도 불구하고 낙농 사업에 진출하지 않았다.

제6장.

화해

화해

"해외에서 차관을 빌려서 진행하는 일이기에 손해를 보지도 않아요. 여러모로 유익한 사업입니다."

차준후는 낙농 사업의 어려움을 알았지만 대수롭지 않게 넘겼다.

충분히 감당할 수 있었기에.

"손해를 볼 수도 있을 텐데요?"

"낙농 사업에서 약간의 손해를 본다고 해도 화장품 사업에서 충분히 메울 수 있습니다."

차준후가 자신감을 드러냈다.

새롭게 출시할 화장품들은 세계에 자랑할 수 있는 제대로 된 혁신적인 제품들이다.

'제정신인가?'

가만히 대화를 듣고 있던 설한승이 차준후를 미친놈으로 받아들였다.

'어떤 사업가가 화장품을 만들겠다고 낙농 사업에 50만 달러를 사용해?'

아무리 생각해 봐도 미친 게 확실했다.

저렇게 막무가내이니까, 론도그룹을 상대로 겁 없이 마구 날뛸 수 있구나.

"어떤 화장품들이 나올지 무척 기대됩니다."

진남호가 호기심을 드러냈다.

얼마나 대단하기에 저처럼 자신할 수 있은 것일까.

사업가로서의 순수한 관심이었다.

"출시될 때까지 기밀입니다."

차준후가 말을 아꼈다.

보안이 중요했다.

화장품 제작 의도가 드러나면 특허 서류 유출처럼 골치 아픈 일이 벌어질 수 있었다.

"기밀이라면 당연히 지켜야죠. 출시되면 그때 보겠습니다."

진남호가 관심을 접었다.

괜히 말을 더 이어 갔다가 좋게 형성된 분위기를 깨뜨릴 수 있었다.

출시할 제품의 보안을 철저하게 지키는 게 당연했다.

똑똑똑똑!

노크 소리가 들렸다.

"네."

"아이스 아메리카노와 시원한 녹차, 가지고 왔습니다."

종운지가 쟁반에 가지고 온 음료를 탁자 위에 내려놓았다.

"고마워요."

"잘 마실게요, 비서 아가씨."

"별말씀을요."

차준후가 아이스 아메리카노를 한 모금 마셨다.

진남호도 시원한 녹차를 입으로 가져갔다.

"좋은 녹차네요."

입에 착 감기는 씁쓸한 녹차의 향을 즐기는 진남호였다.

"탕비실에 최대한 좋은 것들로 비치하려고 노력하고 있습니다."

먹는 것에 신경 썼다.

다 먹고살자고 열심히 일하는 것 아니겠는가.

제대로 못 먹으면 그것처럼 서러운 게 없었다.

"자동화 시설 장비들이 내일 스카이 포레스트에 도착할 수 있도록 조치하죠."

"잘 사용하겠습니다."

화해 〈143〉

"목장 건설은 어떻게 할 생각입니까?"

"경기에 백만 평 목장을 건설할 예정입니다. 덴마크에서 기술자들이 먼저 날아와서 기반 건설을 한다고 들었습니다."

덴마크에서 대한민국 낙농 사업을 빠른 속도로 밀어붙이고 있었다.

다른 국가에 빼앗기지 않고 선점하겠다는 의도였다.

"론도건설이 함께할 수 있을까요?"

"음! 그렇게 하시죠. 어차피 국내 건설사에게 맡겨야 할 일이니까요."

차준후가 흔쾌하게 제안을 승낙했다.

낙농 사업 건설 참여!

단순한 일이 아니다.

덴마크의 선진적 낙농 사업에 대한 기술을 습득할 수 있는 좋은 기회였다.

잘 배우면 차후 대한민국에 들이설 또 다른 낙농 목장을 론도건설이 시공할 수도 있었다.

"고맙소이다."

"다른 업체들도 참여할 수 있으니, 너무 섭섭하게 생각지 마시길 바랍니다."

차준후는 론도건설에만 좋은 사업 기회를 독점시키지 않았다.

한 곳에 몰아주는 건 차후 위험해질 수 있었다.

 핸드폰을 만드는 세계적인 기업 애플망고는 항상 복수의 업체를 두고서 거래했다.

 선택할 수 있는 폭이 넓어야 갑의 위치를 제대로 누릴 수 있다.

 "당연히 이해합니다."

 진남호는 내심 독점을 원했지만 겉으로 드러내지 않았다.

 충분히 이득이었다.

 대충 따져 봐도 자동화 시설 설비를 선물한 것보다 많을 걸 얻을 수 있었다.

 "목장에서 생산되는 원유와 우유를 론도 식품이 일정 부분 사들이겠습니다. 딸기 우유와 초코 우유 등을 만들어서 팔 생각입니다."

 "그렇게 하시죠."

 목장을 조성하지도 않았는데 벌써부터 대규모 판매처가 생겨났다.

 스카이 포레스트와 론도그룹의 협력으로 벌써부터 사업의 상승효과가 일어났다.

 두 사람이 주거니 받거니 하면서 대화를 이어 나갔다.

 이야기가 잘 통했다.

 "정시 퇴근해야 할 시간이네요."

 차준후가 벽에 걸린 시계를 바라보았다.

"이야기를 즐겁게 나누다 보니 여섯 시가 다 되었군요."

진남호가 아쉬워했다. 더 이야기를 나눴으면 하는 바람이었다.

그러나 차준후는 칼처럼 회사에서 나갈 생각이었다.

"즐거운 대화였습니다. 다음에 또 뵙죠."

진남호가 손을 내밀었고, 차준후가 맞잡았다.

"안녕히 가십시오."

사장실에서 나서는 진남호를 설한승이 뒤따랐다.

두 사람이 자동차에 올라탔다.

대기하고 있던 자동차가 부드럽게 출발했다.

"생각한 것처럼 위험하면서 재미있는 친구야."

"그러셨습니까? 저는 복장이 터지는 줄 알았습니다. 솔직히 너무 버릇이 없다고 느꼈으니까요."

"맹랑한 구석이 있기도 했지. 하지만 그건 나를 무서워하지 않는다는 이야기야."

대통령도 그이 눈치를 봐야 하는 때가 있었다.

일본에서 자금을 가져와 대한민국 경제의 일익을 크게 담당하고 있었기 때문이었다.

대한민국은 한 푼의 외화자금이 소중했다.

그런데 차준후는 덴마크에서 무려 50만 달러라는 거액을 유치했다.

그 금액이 모두 낙농 사업에 소모된다고 해도 대한민국

에 활력을 불어넣을 줄 수 있는 엄청난 일이었다.

"고깝게 바라보지 말고 다음에 볼 때는 나를 대하듯 깍듯이 대하게. 나보다 더 크게 성장할 사내니까."

"설마요?"

"느끼지 못했나? 국내가 아닌 세계를 상대하겠다는 저 사내의 포부를 말이야."

"그게 쉽게 되는 일이 아니잖습니까."

"그러니까 대단하다는 걸세. 남들이 어려워서 포기한 길을 걸어가려면 얼마나 큰 용기가 필요한지 아는가? 성공 여부를 떠나서 박수를 쳐 줄 일이지. 그런데 저 친구는 성공한다는 확신이 있어."

"그래 보이기는 합니다."

"실패할 것 같나?"

"……성공할 가능성이 더 높다고 봅니다."

스카이 포레스트의 현재 생산품들도 수출하기에 충분한 품질이었다.

여기에서 더욱 획기적인 상품이라면?

분명히 해외에서도 통한다.

아니 해외 바이어들이 달러를 싸 들고 달려들지 않을까?

"아니라고 대답했으면 실망했을 거야. 비서실장이라는 사람이 제대로 된 눈을 가지고 있지 못한 거니까."

진남호가 푹신한 좌석에 등을 기대며 말했다.

"미현이가 약혼을 하지 않았으면 딱 좋았을 텐데……."
"미현 아가씨를 저 친구와 혼인시킬 생각이십니까?"

슬하에 딱 한 명 있는 딸이 작년에 대현백화점 차남과 약혼식을 올렸다.

대현백화점 차남은 미국 명문대학을 졸업한 일등신랑감이다.

외모가 훤칠해서 사위로 받아들이고 싶어 하는 집안이 많았다.

"그건 아닐세. 당시에는 괜찮은 사내를 찾았다고 생각했는데, 저 친구를 만나고 나니 아쉬워서 말이야."

진남호는 차준후를 그만큼 가문으로 끌어들이고 싶었다.

결혼을 통해서.

"지금에 와서 잘 지내고 있는 연인의 약혼식을 깰 수는 없는 노릇입니다. 미현 아가씨가 슬퍼하실 겁니다."

"그냥 안타깝다는 이야기야. 딸아이의 행복을 깰 생각은 없어."

"잘 생각하셨습니다."

"에잉! 젊을 때 노력해서 딸을 더 많이 낳았어야 했어. 그럼 저 친구를 사위로 받아들였을 수도 있었을 텐데."

진남호가 아쉬워했다.

"정 아쉬우면 조카들도 있지 않습니까?"

"음! 그것도 괜찮은 방법이기는 하지. 그룹 본사로 돌아가지 말고 론도 생활 화장품으로 가자고. 인규에게 지시할 일이 있으니까.

"알겠습니다."

자동차가 방향을 바꿨다.

* * *

"회장님, 말도 없이 어쩐 일이십니까?"

약속도 없이 불쑥 방문한 진남호 때문에 놀란 진인규가 자리에서 벌떡 일어났다.

"오늘부로 스카이 포레스트의 특허를 훔친 상품들에 대한 생산을 그만둬라. 아직 팔려 나가지 않은 상품들은 전부 회수하고."

진남호가 방문한 용건을 꺼냈다.

"그렇게 하면 손해가 너무 막심합니다."

"스카이 포레스트와 화해하기로 했다."

"네? 저에게 말도 하지 않으시고요? 너무하신 처사입니다."

"화해하겠다던 녀석이 요지부동이니까 내가 직접 찾아간 거다. 허리까지 숙여 가면서 용서를 구했어."

"회장님께서요? 말도 안 됩니다."

아직도 제대로 상황을 파악하지 못하고 있는 아들을 향

해서 진남호가 크게 꾸짖었다.

"어리석구나! 이득이 된다고 하면 장사꾼은 언제라도 허리를 굽힐 수 있어야 한다. 잘난 맛에 살려고 하면 사업가로 지낼 수 없어."

"이대로 물러나는 건 모양새가 좋지 않습니다. 사람들이 론도그룹을 뭐라고 보겠습니까? 제게 그룹의 힘을 빌려주세요. 스카이 포레스트를 잿더미로 만들어 보이겠습니다."

"하아! 마지막 기회를 줘 볼까 했는데, 더 이상 안 되겠다. 사장 자리에 있지 말고 물러나. 그게 모두를 위한 길이다."

진인규가 크게 반발했다.

"네? 제게 이러실 수는 없습니다!"

"잠자는 사자의 코털을 건드려 놓고 하겠다는 소리가 뭐? 회사에 얼마나 많은 손해를 끼쳤는지 알면 이렇게 나올 수도 없겠지."

진남호가 차가운 눈빛으로 아들을 바라보았다.

그의 말 한마디면 론도그룹에서 이뤄지지 않는 일이 없었다.

자발적으로 물러나지 않으면 해임까지 할 생각이었다.

"미국에서 소송을 당했으면 어떻게 대응할 생각이냐? 특허를 미국에 먼저 신청했다고 하더라. 스카이 포레스트에서 준비하고 있던 무서운 공격이었다. 나조차 듣는 순간 아찔하더구나."

"……."

"만약 소송이 걸렸으면 어찌할 생각이었느냐."

진남규는 아무런 말도 할 수 없었다. 듣는 순간 멍해졌기 때문이다.

다시 생각해 봐도 일찍 화해를 해서 천만다행이었다.

"……죄송합니다. 책임을 통감하고 사장 자리에서 물러나겠습니다."

진인규가 고개를 떨궜다.

"홋카이도 일본지사에 자리를 마련해 줄 테니까, 나가 있어."

진남호가 해외발령까지 내렸다.

눈 밖에 난 진인규를 이른바 후계자 자리에서 완전히 쫓아내 버렸다.

론도그룹 내에서 홋카이도 지사는 유배지로 통했다.

"……알겠습니다."

진인규의 목소리가 침울했다.

작은 기업 하나 건드렸다가 완전히 망해 버리고 말았다.

'사람을 잘못 건들면 가진 걸 모조리 잃어버리는구나.'

그룹의 후계자 가운데 가장 유력한 차기 회장으로 지지를 받으며 잘나가던 장남 진인규가 해외로 쫓겨 나가는 비참한 처지로 몰락했다.

* * *

론도 생활 화장품에서 황금용, 설악산, 한라산의 생산이 완전히 멈췄다.
스카이 포레스트를 골치 아프게 하던 복제품이 시장에서 사라졌다.
이번 격돌로 인해 스카이 포레스트의 이름이 전국에 널리 알려졌고, 복제품 없는 시장에서 버전2 상품들과 구죽염치약이 더욱 불티나게 팔려 나갔다.

* * *

1960년 6월 4일.
오후 1시 10분 김포공항.
차준후가 덴마크로 가는 해외여행 길에 올랐다.
"드디어 해외로 가는구나."
공항로비에 들어서자 참으로 감개무량했다.
새로운 육체를 얻어서 깨어난 뒤, 해외여행을 나가는 일이 제일 어려웠다.
'설마 비행기 타는 게 이렇게 어려울 줄은 미처 몰랐네.'

쓸쓸하게 웃었다.

그것도 잠시뿐.

국내라는 좁은 지역을 벗어나서 넓은 세계로 나아갈 수 있는 기회를 쟁취했다는 사실에 감사했다.

"사장님 덕분에 제 소원을 이룰 수 있게 됐네요."

전영식은 여행하는 동안 수행비서를 역할을 하게 되었다.

* * *

그의 얼굴에는 행복에 겨운 미소가 가득 피어올랐다.

미술을 공부하면서 유럽을 직접 두 눈으로 확인하고 싶은 바람을 가졌었다.

사실 평범한 전영식의 해외여행은 불가능에 가까웠다.

그렇기에 차준후가 수단을 발휘했다.

덴마크 현지의 낙농 차관 협약식 수행비서로 전영식을 끼워 넣었다.

"소원이요?"

"유럽에 한 번 가 보고 싶었거든요. 미술학도로서 선진화된 유럽문화와 거장들의 미술품들을 보는 게 소원이었어요. 어려운 현실 탓에 부질없는 희망이라고만 여겼는데······."

감정에 북받친 전영식이 마지막에 말을 제대로 잇지 못했다.

유럽 여행은 이른바 환상적인 꿈의 여정이다.

젊은 사장님은 대체 왜 자신한테 잘해 주는 것일까?

지금까지 받은 은혜만 해도 하늘처럼 높은데, 평생의 소원까지 이루어 주었다.

"소원을 이뤄서 다행이네요."

차준후가 전영식을 바라보며 환하게 웃었다.

'유럽 여행으로 인해 국내에만 머물렀던 전영식이 어떻게 변할까?'

더 성장시킬 거라고 확신한다.

한 명의 한국인으로서 재능 넘치는 전영식이 어디까지 성장할지 옆에서 지켜보는 건 가슴 설레는 일이었다.

"사장님……."

가슴이 크게 울렁이는 전영식이다.

감동의 물결이 크게 밀려왔다.

말을 제대로 잇지 못하고 있을 때였다.

"먼저 나오셨군요. 저희가 늦었습니다."

"아닙니다. 비행기 출발 시간이 아직 남아 있습니다. 저 때문에 고생이 많습니다."

"고생이라니요, 가당치도 않습니다. 치열한 내부 경쟁 끝에 저희가 해외로 나갈 기회를 얻은 겁니다."

"맞습니다. 혈투를 치렀다고 할까요? 패배한 동료들이 얼마나 피눈물을 흘리고 있는지 모르실 겁니다."

양복을 입은 두 명의 젊은 사내들이 환한 웃음을 지었다.

두 사람은 전도유망한 상공부 심유성 직원과 지우도 외교부 직원이었다.

이번 해외 차관에 있어서 차준후의 업무를 도와줄 인재들이었다.

"가시죠."

"출국 수속을 받아야 합니다만?"

"이미 다 끝마쳐 놓았습니다. 저희는 일반인들처럼 순서를 기다릴 필요가 없습니다. 외교관들처럼 편하게 이동하시면 됩니다."

미쳤구나. 좋은 방향으로.

대한민국 정부에서 확실하게 밀어줬다.

"알겠습니다."

차준후가 군말 없이 편의를 기꺼이 받아들였다.

터무니없을 수도 있는 일.

1960년대 힘 있는 부서에 있는 공무원들의 권력을 제대로 누렸다.

차준후와 일행이 노스웨스트 항공 비행기에 올랐다.

비행기가 요란한 굉음을 내면서 활주로에서 이륙했다.

몸에 가해지는 묵직한 압박감을 느끼고 있는 차준후가 세계를 향해 첫발을 내디뎠다.

* * *

 덴마크 직항이 없었기에 여행길은 번거로웠다.

 일본 하네다 공항에서 홍콩으로 환승했고, 심야가 되어서 도착한 홍콩 공항에서 하룻밤을 머물러야만 했다.

 이튿날 아침 홍콩에서 프랑스 파리를 향한 긴 비행을 시작했고, 도중에 급유를 받기 위해 로마에서 한동안 머물기도 했다.

 마지막으로 프랑스 파리에서 비행기를 환승하여 덴마크까지 이동한 시간을 합하면 무려 28시간이나 걸렸다.

 말 그대로 비행기 안에서만 꼬박 1박 2일을 머문 셈이다.

 코펜하겐 공항에 도착하고 난 뒤, 서양인들 틈바구니에서 동양인들이 비행기에서 내려섰다.

 차준후를 필두로 한 일행들이었다.

 비행기에서 내리자 '스카이 포레스트'라고 큼직하게 쓰인 플랜 카드를 들고 대기하고 있는 사람들이 보였다.

 "스카이 포레스트에서 오신 분들이십니까?"

 "사장 차준후입니다. 이쪽은 제 수행비서고, 다른 두 분은 대한민국 정부의 공무원들입니다."

 "덴마크 방문을 진심으로 환영합니다. 덴마크 재무부

의 제임스 보위입니다. 지금부터 떠나시는 날까지 모시겠습니다."

이번 덴마크 일정은 보름으로 예정됐다.

체류 내내 모든 편의를 봐준다고 이야기하고 있었다.

"감사합니다."

"덴마크 최고의 호텔로 이동하겠습니다. 오랜 비행으로 힘드셨을 텐데, 푹 쉬시지요."

영접 나온 제임스 보위는 긴 시간의 비행으로 고생한 차준후와 일행들을 배려했다.

본격적인 일정은 내일부터 시작이었다.

"유럽까지 왔는데 첫날부터 호텔에서 쉬면서 시간을 보내고 싶지는 않네요. 근처에 유명 작가의 그림이 있는 미술관이나 화랑이 있나요?"

차준후가 말했다.

물먹은 솜처럼 무겁고 피곤했지만, 첫날부터 호텔에서만 머무르고 싶지 않았다.

"코펜하겐 국립 미술관이 있습니다. 유럽의 다른 국립 미술관 못지않는 규모와 작품 수를 자랑하고 있지요. 예술을 사랑하는 사람이라면 하루 종일 시간을 보낼 수도 있는 곳입니다."

예정된 일정이 아니었지만, 제임스 보위가 기꺼이 계획을 변경했다.

"감사합니다."

차준후가 가볍게 고개를 숙였다.

"국립 미술관으로 가려고 합니다. 두 분께서는 호텔로 먼저 가실 겁니까?"

"괜찮다면 저희도 국립 미술관을 가겠습니다."

덴마크가 처음인 건 상공부와 외교부 공무원들도 마찬가지였다. 유럽 미술관을 방문할 수 있는 기회가 흔한 게 아니었다.

'코펜하겐 국립 미술관!'

전영식이 한국어로 진행되는 이야기를 들으면서 전율했다.

수행비서로서 덴마크 유명관광지와 명소들에 대해서 미리 공부했다.

그렇기에 코펜하겐 국립 미술관이 얼마나 대단한 곳인지 잘 알았다.

미술학노로서 꼭 방문해 보고 싶었는데, 덴마크에 발을 내딛자마자 곧바로 갈 수 있게 됐다.

"그럼 같이 가시죠."

"출발합시다."

차준후 일행을 태운 차량은 호텔이 아닌 미술관으로 향했다.

코펜하겐은 북유럽을 연결하는 교통의 중심지이다.

유럽의 옛 분위기를 물씬 풍기고 있는 덴마크의 수도로 문화와 경제의 중심지이기도 하다.

눈앞에 펼쳐지는 유럽의 풍경은 경이로웠다.

북유럽이라 그런지 여름임에도 기온은 높지 않고 선선했다.

우리는 국립 미술관에서 내렸다.

"옛 왕실 수집품을 주로 전시하고 있고, 유럽 각국의 유명한 작품들을 소장하고 있는 덴마크 최고의 미술관입니다."

평소 미술품에 관심이 많았던 제임스 보위가 차준후와 일행들을 안내했다. 미술관견학안내인에 전혀 못지않은 지식을 가지고 있었다.

애당초 국립 미술관 관람은 덴마크 체류 과정 중에 있는 일정이다.

"르네상스 양식으로 지어졌네요."

차준후가 세월이 깃든 역사의 공간을 알아봤다.

유럽의 아름다움과 환상적인 미술 작품들을 잔뜩 품고 있는 미술관이다.

"제대로 보셨습니다. 1889년 착공에 들어가 1896년 완공됐죠. 오늘은 시간이 부족해서 19세기 황금시대 위주로 관람을 권장합니다. 차후에 관내 예술 자료실도 예약해서 이용하면 좋습니다."

폐관까지 2시간 정도밖에 남지 않았다.

미술관 전체를 돌아보기에는 부족한 시간이었다.

"하지만 시간이 없으니, 간단하게 안내해 드리겠습니다."

제임스 보위를 따라서 걷는 걸음걸음마다 사람들의 입에서는 연신 환상적이라는 감탄이 튀어나왔다.

덴마크 예술의 황금시대였던 작품들과 유럽의 그림 및 조각 작품들이 곳곳에 포진해 있었다.

"작품들을 보니 영감이 떠오르네요."

"어떤 영감이요?"

"르네상스 양식과 조각품들을 보다 보니 멋있고 아름다운 화장품 용기들을 만들어야겠다는 생각이 듭니다."

"재미있는 생각이네요. 아! 화장품 회사를 운영한다고 하셨죠. 여기 작품들을 반영한 화장품 용기를 만들면 정말 대단한 물건이 나올 겁니다."

차준후의 뇌리에 새로운 화장품 용기들이 떠올랐다.

뭔가 잡히는 것 같지만 부족한 부분이 있는 사념들이었다.

"아!"

전영식이 탄성을 터트리며 발걸음을 멈췄다.

공항을 떠나고 난 뒤부터 눈앞에 펼쳐진 이국적인 광경에 충격을 받았다.

두텁게 막혀 있던 개념이 깨어진다고 할까?

그 변화를 제대로 인지하지 못한 상태에서 미술관을 방

문했다.

　미술관에 들어오고 난 뒤부터 크고 작은 작품들 앞에서 한시도 눈길을 떼지 못했다. 거대하고 찬란한 예술의 향연 앞에서 정처 없이 마구 흘러갔다.

　그러다가 차준후의 이야기를 듣고서 심취했다.

　마음을 송두리째 빼앗기고 말았다.

　무질서하게 밀려들던 사념들이 하나의 단어에 꽂혀 새롭게 창조됐다.

　'화장품 용기!'

　말로 표현할 수 없는 수많은 사념들이 그의 뇌리에서 폭죽처럼 튀어나왔다가 사라지기를 반복했다. 가슴과 뇌리에 낙인처럼 깊고 선명하게 새겨졌다.

　"구경해야 할 게 많습니다. 움직이시죠."

　제임스 보위가 멈춰 선 전영식을 바라보며 부드럽게 손짓했다.

　영어를 모르는 전영식도 알 수 있는 'go'라는 단어였다.

　그러나 전영식은 미동도 하지 않았다.

　"중요한 순간입니다. 예술가에게 영감이 찾아왔으니, 잠시만 조용히 있어 주세요."

　차준후가 제임스 보위를 제지했다.

　전영식에게 무슨 일이 일어나는지 정확히는 몰랐지만 주변을 통제해야 한다고 느꼈다. 그렇게 영감에 빠져 있을 수 있게 배려했다.

시끄러운 주변으로 인해 우연찮게 찾아온 영감이 깨져 버릴 수도 있지 않은가.

차준후의 말에는 진중한 무게감이 있었고, 주변 사람들은 일제히 입을 다물었다.

수행비서로 데리고 온 저 어린 청년이 예술가라고?

"앳된 청년이 예술가였어?"

"나도 몰랐어. 수행비서라고만 알고 있었지."

공무원 두 명이 전영식을 보면서 조용하게 대화했다.

사람들은 전영식을 예술가라고 인정하기보다는 진지한 차준후 때문에 조용한 상태를 유지했다.

'첫날부터 영감에 빠져들 줄은 생각도 못 했는데. 역시 대단한 재능이야.'

차준후가 전영식을 바라보며 웃었다.

천재 예술가와 함께한다는 행복이 마음 한구석을 비집고 올라왔다.

"……."

전영식이 영감에서 빠져나왔다. 흐릿하던 눈동자에 초점이 잡혔다.

그의 시야에 자신을 바라보고 있는 일행들이 들어왔다.

"……죄송합니다."

"미안할 일이 아니죠. 축하받아야 할 일입니다."

차준후가 고개 숙인 전영식을 바라보며 즐거워했다.

"갑작스럽게 머릿속에 여러 가지 생각들이 막 떠올라서요. 제대로 설명하기 어려운데, 화장품 용기들이 무수하게 떠올랐다가 사라지기를 반복했어요."

전영식이 두서없이 마구 이야기했다.

'화장품 용기를 만들고 싶어.'

지금 당장이라도 스케치를 하고 싶은 열망이 넘쳤다.

대한민국의 도자기가 지닌 아름다움에 북유럽의 감성을 듬뿍 담은, 문화와 아름다움을 동시에 추구할 수 있는 매력적인 화장품 용기!

"이해합니다. 그 영감은 작가님의 마음속에 간직하시면 충분합니다."

차준후는 자신이 느낀 것을 표현하기 어려워하는 전영식을 배려했다.

원래 예술을 입 밖으로 이야기한다는 건 쉽지 않은 일이었으니까.

그런데 의외이기는 했다.

'그림과 조각 등 미술에 관련된 영감이라고 생각했는데, 화장품 용기라고?'

예술적인 화장품 용기가 탄생하는 걸까.

차준후는 전영식이 새롭게 보여 줄 화장품 용기가 너무나도 기대됐다.

"미술관 안내를 다시 부탁합니다."

차준후가 영어로 제임스 보위에게 이야기했다.

한국어로 대화 나누는 동안 기다려 주고 있던 제임스 보위가 다시 미술관 안내를 시작했다. 발걸음을 떼면서 전영식을 살펴보다가 차준후에게 물었다.

"미술관에 와서 영감에 빠진 예술가를 본 적은 처음입니다. 저분은 한국에서 유명한 분인가요?"

"아직은 아니지만 미래에 세계적으로 유명해질 예술가입니다."

차준후가 확고하게 말했다.

덴마크

 딱 한 번, 온몸을 전율시킨 예술 작품을 눈으로 직접 본 적이 있었다.
 그건 제대로 배우지도 못했던 전영식이 남겼던 예술 작품이었다.
 제대로 배운 전영식이 남길 예술 작품이라면?
 예술적인 영역이기에 확신할 수는 없는 노릇이다.
 많이 배웠다고 뛰어난 예술 작품을 만들어 낸다고 확정 지을 수는 없다.
 하지만 차준후는 지금의 전영식이라면 충분히 세계적인 위치에 올라설 수 있다고 믿었다.
 "그렇군요."
 제임스 보위가 멋쩍은 표정을 지었다. 제대로 믿지 않

는 모양이다.

그런 모습을 보면서 차준후가 한마디 툭 하고 내던졌다.

"체류하는 동안 작품 한 점이라도 받아 두는 편이 좋을 겁니다. 세월이 지나면 고가인 탓에 작품을 구할 수조차 없을 테니까요."

"대단한 재능을 가진 모양이군요. 저 젊은 예술가의 작품이 여기 국립 미술관에 걸리는 날이 한시라도 빨리 왔으면 좋겠습니다."

대꾸하면서도 제임스 보위는 믿지 않았다.

저 앳된 청년이 세계적인 예술가가 된다고?

유럽에서 배우는 예술가들도 성공하기란 쉽지 않다.

이름도 제대로 들어 보지 못한 나라에서 온 젊은 예술가의 성공은 솔직히 믿기 힘들었다. 그렇기에 구태여 전영식의 작품을 구하려고 하지 않았다.

"그날이 오면 잊지 않고 초대장을 보내드리죠."

"기다리겠습니다."

대답과 달리 농담으로 치부하는 제임스 보위였다.

국립 미술관에 작품을 전시하려면 세계적으로 인정을 받아야만 한다.

그 경지까지 오를 수 없다고 생각했다.

그리고 그는 이날의 선택을 차후에 두고두고 후회하게 된다.

"저도 작품을 얻을 수 있을까요?"

상공부에서 나온 심유성이 슬그머니 물었다.

지우도는 별다른 관심이 없는 듯 아무런 관심도 기울이지 않았다.

"제게 물어볼 게 아니라 예술가에게 문의해야겠지요."

차준후가 답했다.

"알겠습니다."

심유성이 적지 않은 돈을 지불해서라도 전영식의 작품을 얻기로 결심했다.

'어느 수준인지는 몰라도 천재인 차준후 사장이 보장하는 예술가다. 천재를 믿고 투자해 보자.'

심유성은 차준후를 신뢰했다.

상공부에서는 차준후를 대단히 높이 평가하고 있었다.

그리고 그건 심유성도 마찬가지였다.

어느 누가 대한민국에서 화장품으로 이름을 날릴 거라고 생각했던가.

대단한 실력을 가진 차준후였기에 가능한 일이었다.

"작품을 구매할 수 있을까요?"

"네?"

전영식이 갑작스런 요청에 당황했다.

"꼭 구매하고 싶네요."

예술가로 작품을 판매하고 싶다는 생각을 한 적이 있는

전영식이다.

그러나 진짜 현실이 될 줄은 상상조차 하지 못했다.

"제대로 만든 작품이 없는데요."

"기다리죠. 구매할 현금을 가지고 달려갈 테니까 꼭 연락 주세요."

"네. 작품을 만들면 연락드릴게요."

전영식이 구매 예약을 받아 들였다.

예술가로서 구매자의 등장은 반가운 일이었으니까.

'어떤 작품을 만들지 기대되네.'

판매가는 별개의 문제겠지만 예술가로서 작품을 판매하기로 결정한 전영식을 보면서 차준후가 빙그레 웃었다.

"제가 작품을 팔아도 될까요? 한 번도 판매한 적이 없어요."

차준후에게 다가선 전영식이 작은 목소리로 물었다.

"당연히 가능하죠."

"돈을 주고 판다는 게 어색해요."

"누구에게나 처음은 있어요. 그리고 앞으로 익숙해져야만 할 겁니다. 전영식 예술가의 작품은 많은 사람들이 사고 싶어 할 테니까요."

"사장님도 그런가요?"

"물론입니다. 가능한 많은 작품들을 소장하고 싶은걸요."

"……그럼 제 첫 번째 구매 고객이 되어 주세요."
"영광이네요."

 미술관을 관람하면서 전영식에게 결코 잊을 수 없는 일이 일어났다.

 그리고 그건 차준후에게도 마찬가지였다.

 덴마크에 발을 내디딘 첫날부터 뜻깊은 일이 벌어졌다.

* * *

 차준후가 일행과 함께 호텔을 나섰다.

 제임스 보위의 안내로 시청사에 도착했다.

 시청사에서 차관 협정식이 열렸다.

 차관에 관련된 서류 내용을 심유성과 지우도가 꼼꼼하게 파악했고, 차준후도 함께 면밀하게 살폈다.

 문구와 단어 하나로 인해 차관에 관련된 내용이 바뀔 수 있었다.

"문제 될 내용은 없네요. 이대로 진행하시면 되겠습니다."

"무이자로 받는다는 사실이 너무 좋습니다. 이보다 더 좋은 해외 차관은 없을 겁니다. 돈을 빌려주는 국가에서 이처럼 적극적으로 나서는 건 처음 봅니다."

이쪽 업무에 잔뼈 굵은 심유성과 지우도가 검증을 완료했다.

"수고하셨습니다."

차준후가 그들의 노고에 감사했다.

"휴! 서류를 살펴보면서 정말 진땀을 뺐습니다. 제가 잘못해서 대한민국과 사장님이 손해를 볼 수는 없는 노릇이니까요."

긴장감으로 인해 지우도가 손을 떨었다.

"저도 마찬가지였습니다. 사장님은 긴장도 안 되십니까?"

"안 됩니다. 성공 가능성이 높기에 덴마크 정부도 먼저 나선 겁니다. 시간을 두고 협상했다면 솔직히 50만 달러보다 더욱 많이 받을 수도 있었어요."

차준후에겐 이번 50만 달러가 대수롭지 않았다.

필요에 의해 빠른 시일 내에 낙농 사업을 발전시키기 위해 덴마크를 선택했을 뿐이다.

시간은 돈보다 소중했으니까.

차준후의 말에 두 사람이 침을 삼키면서 놀랐다.

"……사장님은 확실히 더 많은 돈을 받았을 겁니다."

"저도 그렇게 생각합니다."

"제 말이 맞습니다."

차준후가 웃으면서 인정했다.

그들이 한동안 차관에 관련된 대화를 나눴다.

50만 달러라는 거액이 대한민국에 들어온다는 건 뒤집힐 대사건이었다.

전액 달러가 아니라 낙농 사업에 관련된 것들이지만 이것만 해도 대단한 일이었다.

"사장님, 커피 가져올까요?"

"부탁합니다."

수행비서로 온 전영식이 커피를 가지고 왔다.

그리고 부탁해서 얻은 얼음까지 집어넣어 아이스커피로 만들어 냈다.

전영식은 수행 비서로서 충실했다. 오히려 너무 열정적이라 차준후가 당황할 정도였다.

커피를 마시면서 여유롭게 시간을 보냈다.

"서류 검토는 끝났습니까?"

"네."

"그럼 가시죠."

차준후가 제임스 보위의 안내를 받아 시청사 대강당에 들어섰다.

낙농업계 사람들과 관련 기업 종사자, 언론 관계자들이 참석했다.

"앞으로 잘 부탁합니다."

"서로에게 최고의 선택이 될 겁니다."

차준후와 차관이 기자들 앞에서 사진을 찍었다.

덴마크 정부와 스카이 포레스트의 차관 협정식이 완료됐다.

대한민국의 낙농 역사에 첫 획이 그어지는 순간이었다.

* * *

협정식을 끝낸 차준후는 목장에 도착했다.

넓은 땅 위에 초록빛이 잔뜩 드리워져 있었고, 그 위를 젖소들이 한가롭게 노닐고 있었다.

여름이었지만 서울의 봄가을 날씨와 비슷했다.

바쁘게 돌아다니기 좋은 날씨였다.

"덴마크 가장 인기 있는 펠레 목장입니다. 목장에서 매일 아침 공급되는 신선한 우유로 요거트와 아이스크림, 빵 등을 만드는 공장까지 함께하고 있습니다."

펠레 식품 회사는 덴마크를 넘어, 세계적인 낙농업체였나.

덴마크뿐만 아니라, 유럽 전역에서 펠레 식품 회사의 마스코트인 젖소 그림을 볼 수 있었다.

"목장 크기에 비해서 젖소들의 숫자가 많지 않아 보이네요?"

차준후가 넓은 목장에서 한가롭게 노니는 젖소들을 보면서 물었다.

바이킹의 나라로 유명한 덴마크 영토는 한반도의 5분의 1 수준.

대한민국에 펼칠 낙농산업의 길을 밝혀 줄 벤치마킹의 대상이다.

'좁은 땅덩어리 때문에 강소국을 지향할 수밖에 없는 게 대한민국의 현실이다. 가장 먼저 덴마크에 해외 차관을 제안한 주된 이유였지.'

땅덩어리가 광대한 미국이나 호주보다는 덴마크의 방식이 대한민국에 훨씬 어울린다.

차준후가 대한민국 낙농 사업의 첫 번째 단추를 잘 끼워 넣었다.

"환경 보호를 위해 분뇨를 묻을 수 있는 땅을 소 1마리당 1㏊씩으로 정했기 때문입니다. 이곳 목장은 260㏊의 크기이고, 키울 수 있는 젖소는 260마리로 한정돼 있죠. 현재 사육하고 있는 젖소는 204마리입니다."

"환경 보호는 대단히 좋기는 한데, 여간 까다로운 일이 아니군요."

"당연히 까다롭게 관리해야 합니다. 젖소에서 배출되는 오물을 처리하기 위한 오폐수 처리시설도 갖춰야만 합니다."

"덴마크와 대한민국의 상황과 정책은 서로 다릅니다. 현실적인 부분을 감안해서 이번 사업을 진행해야 합니다."

"우리가 사용하는 환경은 후대로부터 잠시 빌려 온 겁니다. 후대를 위해서 환경을 소중히 생각해야 하지 않겠습니까?"

"배부른 소리입니다. 우리나라에서는 하루 세끼 모두 챙겨서 먹지 못하는 사람들이 태반입니다. 안부 인사로 식사했나 묻기도 합니다. 아름다운 환경보다 성장이 우선입니다."

차준후는 덴마크의 정책을 고스란히 대한민국에 옮길 생각이 없었다.

풍요로운 선진국 덴마크 정책에서 배울 건 배우고, 버릴 건 과감하게 버려야 한다.

"너무 무책임한 발언 아닙니까?"

차준후의 이야기를 들은 제임스 보위와 목장 관계자들이 얼굴을 살짝 찌푸렸다.

납득하지 못하는 표정이었다.

"선진국인 덴미그에 맞는 정책이 있고, 최빈국인 대한민국에 어울리는 정책이 있습니다. 이 부분에 대해서는 정부 부처와도 이미 논의가 끝났고, 더 이상 거론하지 않았으면 합니다."

단호한 이야기하는 차준후의 표정에는 씁쓸함이 감돌았다.

가난한 고국을 생각하면 마음이 아팠다.

그 아픔이 전달됐을까.

"질적인 면보다 양적 성장이 먼저지. 이건 단순히 개인적 의견이 아니라 국가적 목표 달성을 위한 선택이야."

"배고픈 자들에게 환경 보호는 어울리지 않아."

두 명의 대한민국 공무원들은 고개를 끄덕거리면서 동감했다.

사실 정부 부처에서는 50만 달러의 해외 차관으로 대한민국 낙농 사업을 발전시키기 위한 많은 토론과 연구 등을 거쳤다.

그리고 그 결과에 대해 차준후에게 알렸다.

다른 무엇보다 생산 능력 부여를 위한 투자가 가장 우선시됐다.

"쫄쫄 굶어 보면 환경 보호 이야기는 하지도 못하죠."

한국어로 대화하는 이야기를 들은 전영식이 한마디 툭 하고 내뱉었다.

분위기가 처연해졌다.

제임스 보위가 말머리를 돌렸다.

"축산농업 대지가 10㏊ 이상이면 제도적으로 대학에서 교육을 받도록 하고 있습니다. 영농의 전문적인 경영과 선진화된 기술 개발을 유도하기 위함입니다."

"산학연 공조를 통한 교육! 좋네요."

대학교와 업계를 연결하는 공조 체제는 연구원 출신인

차준후에게 익숙한 일이었다.

덴마크 정부의 자국 축산농업을 발전시키기 위한 조치였다.

제임스 보위를 따라 목장 사무실로 들어서니 한국의 어지간한 공장만큼 실내가 널찍했다.

손님을 맞는 분위기는 조용하고 격조가 있었다.

목장 주인을 비롯한 직원들이 따뜻하게 차준후와 일행들을 맞이했다.

이번 차관에서 펠레 식품회사가 차지하고 있는 비중이 높았다.

펠레 식품회사에서 젖소들을 비롯해서 조달하는 물품들이 많았다.

넓은 목장 여기저기를 돌아다녔더니, 벌써 점심시간이다.

목장 안에는 식당이 있었다.

"여기 음식들이 맛있기로 유명합니다."

"기대되네요."

차준후가 점심을 먹기 위해 움직였다.

뷔페였다.

음식 가짓수는 많지 않지만 대신 목장에서 판매하는 우유와 요거트, 치즈, 모닝빵, 카스텔라, 스테이크 등이 무제한으로 제공됐다.

넓은 창문으로 보이는 목장의 목가적인 풍경은 한 폭의

그림이었다.

"맛있게 먹었습니다. 유명한 이유가 있네요."

"목장에서 멀지 않은 곳에 펠레 식품회사 공장이 있습니다. 이동하시죠."

점심을 든든하게 해결하고서는 곧장 차를 타고 이동했다.

* * *

목장과 1시간 거리에 위치한 펠레 식품회사 공장에서는 원유를 이용한 온갖 제품들이 생산되고 있었다.

깨끗하면서 넓은 공간에는 생산 공정을 자동화한 현대식 시설이 즐비했다.

"여기가 덴마크 최대의 우유 공장입니다. 120년이 넘는 역사를 가지고 있지요. 덴마크 젖소 농가 5,000여 곳으로부터 원유를 공급받고 있습니다."

우유 공장에서 근로자가 제품을 들고서 위생 검사를 하는 모습을 차준후와 일행들이 지켜봤다.

컨베이어 벨트를 따라 종이팩 우유들이 빠른 속도로 이동하고 있었다.

대부분 공정이 자동화가 되어 있었다.

"시설이 좋네요."

한국의 경우 대부분 사람들이 하는 일을 우유 공장에서는 기계들이 대신 수행했다.

"최신기계를 빠르게 들여오고 있으며, 기술 개발과 연구에 비용을 아끼지 않고 투자하고 있습니다."

금색 머리의 공장장 얼굴에 자부심이 피어 있었다.

경쟁에서 밀릴 수 있었기에 펠레 식품 회사 공장에서는 첨단장비와 기술 개발에 돈을 아끼지 않았다.

"여기 공장에서는 치즈, 버터, 유기농 우유, 분유 등을 생산하고 있습니다. 지금 보시는 곳이 바로 분유를 만드는 공간입니다. 고성능 제분기를 이용해서 분유를 만들고 있지요."

기다란 컨베이어 벨트를 따라 분유통들이 가지런히 움직이고 있었고, 새하얀 분유 가루가 분유통에 쏟아졌고, 뚜껑이 달렸다.

분유 제작공정 한 곳에는 높이 12미터에 달하는 거대한 설비가 떡하니 자리를 잡고 있었다.

"저 시설은 에어스푼이네요."

공장 내부를 돌아다니던 차준후가 발걸음을 멈췄다.

3층 건물 높이의 에어스푼에서 눈길을 떼지 못했다.

"이름을 아는 분들이 많지 않은데, 알아보시네요."

공장장이 신기해했다.

"평소 관심을 가지고 있던 장비라서요."

덴마크 목장에서 에어스푼을 볼 줄 생각지도 못한 차준후였다.

"분유를 만들 때 이용하고 있습니다. 에어스푼은 고운 가루가 생명인 분유의 수준을 한 단계 격상시킬 수 있는 매력적인 기계입니다."

"여기에서는 덴마크에서 가장 미세하면서 부드러운 분유 가루를 제조하고 있겠군요."

"하하하! 물론이죠."

"저 에어스푼도 수출품에 포함되어 있나요?"

차준후가 제임스 보위에게 물었다.

"포함되지 않았습니다. 에어스푼 대신에 다른 고성능 제분기를 보내기로 결정됐습니다."

"보내 준다는 고성능 제분기가 에어스푼과 같은 성능을 냅니까?"

"……정확한 성능 차이는 알아봐야만 합니다."

제임스 보위가 난처해했다.

한국에 보낼 고성능 제분기는 덴마크 기업에서 만드는 제품이었다.

그에 반해 펠레 식품 공장의 에어스푼은 서독에서 들여온 수입품이다.

"저는 최고의 장비가 필요합니다. 에어스푼 장비도 해외 차관 수출품에 포함시켜 주세요."

차준후가 강하게 말했다.

덴마크에서 자국 산업과 경제를 우선시하려는 이유도 이해한다.

그러나 어느 한쪽만 일방적으로 유리하게 진행되는 건 동업이라 할 수 없었다.

"저 장비는 서독 제품이라 어려울 수도 있습니다."

갑작스런 이야기에 제임스 보위가 곤욕스러워했다.

자국에서 생산하는 물건들과 기술지원 등으로만 수출품을 구성할 계획이었다.

EDCF 대외 경제 협력 기금은 덴마크 국내 제품이나 서비스의 이용을 조건으로 운용된다.

에어스푼은 서독 제품이었기 때문에 원칙적으로는 불가능했다.

자국 산업을 발전시키기 위해서 무이자로 손해를 봐 가면서까지 해외 차관을 진행했으니까.

"최고의 분유를 만들 수 있는 기계라고 들었습니다. 대한민국의 수많은 유아들에게 있어서 꼭 필요한 기계입니다. 수입해서 주는 게 어렵다면 지금 눈앞의 물건이라도 뜯어서 보내 주세요."

차준후가 거듭 요구했다.

자신의 전문 분야인 화장품 제작에 효율적으로 이용할 수 있는 게 바로 에어스푼이다.

에어스푼은 꼭 필요했다.

"음! 위에 건의해 보겠습니다. 그러나 확답을 드리기에는 어려움이 있다는 걸 감안해 주십시오."

제임스 보위가 당황한 기색을 감추지 못하면서 말했다.

EDCF 대외 경제 협력 기금 취지를 벗어나는 위험한 요구였다.

차준후는 집요했다.

"일 년에 대한민국에서 소모되는 분유의 양이 얼마나 많은지 아십니까? 저 에어스푼은 분유 사업 발전에 필요한 물건입니다. 대한민국 분유 사업이 잘되면 덴마크도 이득이 되는 구조라는 걸 아셔야 합니다. 에어스푼을 제외한 분유 제조 설비들은 덴마크에서 준비할 수 있잖습니까. 단순히 분유 공장 하나로 끝나는 게 아니란 말입니다."

"무슨 이야기인지 알겠습니다."

"에어스푼만 포함시켜 주면 다른 물품들은 덴마크 정부의 의견을 최대한 존중하죠."

적절하게 타협안을 제시하는 차준후였다.

가능할 때까지 이야기하며 거래하는 거지.

안 되는 게 어디 있나.

억지스럽기는 해도 나름 합리적으로 요구하면 들어줄 수도 있었다.

안 된다고 해서 손해를 보는 것이 아니다.

가능할 수도 있었기에 강하게 요구해 봤다.

"알겠습니다. 가능한 쪽으로 상부에 보고하겠습니다."

강력하게 밀어붙이는 기세 앞에서 결국 제임스 보위가 긍정적으로 받아들였다.

어차피 승낙 여부 결정은 덴마크 정부 부처가 결정할 일이었다.

"감사합니다."

차준후가 기분 좋게 웃었다.

둘 사이에 오가는 대화가 무척 빠르면서 강렬했다.

마치 갑이 을을 윽박질렀다고 할까.

거금을 빌려주고 난 뒤에는 갑을의 위치에 뒤바뀌는 경우가 생긴다.

여기에서 갑은 누가 뭐라고 해도 차준후였다.

"너무 강하게 밀어붙이는 거 아닙니까? 옆에서 지켜보면서 조마조마했습니다."

"맞습니다. 조금만 부드럽게 이야기하세요."

심유성과 지우도가 조심스럽게 참견했다.

혹시라도 낙농 사업에 문제라도 생길까 봐 불안했다.

"미련을 남기는 것보다는 강하게 요구하는 게 좋다고 생각합니다."

차준후는 눈치를 보면서 사업을 진행하는 건 절대 사양이었다.

무턱대고 무리한 요구를 한 건 아니다.

낙농 사업을 발전시켜야 한다는 명분을 내세우면 덴마크로서도 받아 들을 수밖에 없었다.

혼자서 잘되자고 한 무리한 요구였어? 아니잖아.

돈을 빌려준 국가와 빌린 사람 모두 좋게 성장하자고 요구한 거였다.

처음 차관을 시작할 때부터도 그랬지만 50만 달러를 빌린 이후부터는 더욱 우월한 위치에 오른 차준후였다.

누가 최신식 장비인 에어스푼을 이용하는 목장으로 안내하라고 했나.

좋은 물건을 보여 주면 구매하고 싶은 게 바로 사람 욕심이었다.

펠레 목장과 펠레 직영 기업과 관련 기업 방문은 7일간 꾸준하게 이어졌다.

차준후는 하루하루 목장의 업무와 종사하는 사람들로부터 관련 지식과 기술을 머릿속에 담았고, 직접 몸으로 체험하며 배웠다.

가난한 대한민국에 낙농 사업을 펼치는 건 커다란 숙제였다.

국민들이 우유를 마음껏 배울 수 있게 만들 의무가 있었다.

결코 가볍지 않은 심정으로 임했다.

덴마크 〈185〉

차준후가 3일에 걸친 목장과 공장 견학을 마무리했다.

4일째도 바쁘게 돌아다녔다.

낙농산업에 관련된 곳이 엄청 많았으니까.

덴마크에서는 도축을 전문으로 다루는 대학교를 두고 있다.

젖소에 대한 연구가 철두철미했다.

도축대학교에서는 스트레스를 주지 않는 도축 기술, 육질을 부드럽게 하기 위한 칼질, 내장과 살코기를 정확히 도려내는 기법 등을 연구하고 있다.

덴마크 유틀란트 반도 남동부 해안지역 빌레주에는 펠레 식품푸드와 대니쉬 크라운, 빅홀름농업대, 도축대학교 등 500여 산학연 관련 단체와 기업이 입주했다.

차준후와 일행이 빌레주에서 상당히 많은 시간을 보냈다.

* * *

차준후와 일행은 목장과 공장, 대학교 등을 살펴보고 남는 시간에 덴마크의 유명한 관광지와 미술관, 축구장 등을 돌아다녔다.

덴마크 전역에는 중세 유럽의 감성을 담고 있는 고풍스러운 건물이 가득했다. 아름답고 풍요로운 공간 속에서 사람들이 여유로운 일상을 보내고 있었다.

귀국하기 전 마지막 날 초저녁 밤이다.

호텔에서 나온 차준후와 전영식, 두 사람이 여유롭게 돌아다녔다.

"사장님, 여기는 우리나라와 너무 다르네요."

전영식이 말했다.

보름 동안 보고 느낀 덴마크의 아름다움이 그의 가슴과 머리에 남았다.

이제 돌아가서 살아가야 할 대한민국 현실과 너무나도 비교됐다. 황량한 조국의 산천과 가난한 사람들이 떠올랐다.

최빈국인 대한민국을 떠올리면 비참해서 눈물이 나올 지경이었다.

"지금 보고 있는 모습이 미래의 대한민국이라 생각하면 됩니다."

차준후가 담담하게 이야기했다.

척박한 나라에서 피땀을 흘려 가면서 노력한 산업 일꾼들로 인해 대한민국이 비상하는 모습을 알고 있었다.

"정말 우리나라가 덴마크처럼 풍요로우면서 자유롭게 잘살게 될까요?"

"물론이죠. 덴마크보다 더욱 성장할 수 있습니다. 그리고 그날이 조금이라도 빨리 올 수 있게 우리가 노력해야겠지요."

차준후가 가슴에 대한민국의 장밋빛 청사진을 그렸다.

과거로 오기 전에 살았던 미래 대한민국 광경들이 떠올랐다.

"사장님이 말씀하시니까 정말 그런 날이 올 것 같네요."

"밤이 긴 만큼 새벽은 밝다고 했습니다. 척박한 땅에도 나무가 자라고, 최빈국도 가난을 극복해서 선진국에 올라가는 날이 오기 마련입니다."

이역만리 타국인 덴마크에서 차준후가 사업가로서 해야 할 일을 살폈다.

척박한 땅에 심은 나무 가운데 하나가 바로 전영식이었다.

어떤 열매를 맺을까? 너무 기대됐다.

"사장님, 부탁드리고 싶은 게 있습니다."

"뭔가요? 편하게 말하세요."

"저를 편하게 대해 주실 수 있으실까요?"

"……편하게라면?"

"존대가 너무 불편해서요. 동생처럼 대해 주셨으면 합니다."

전영식이 조심스럽게 이야기했다.

처음 만났을 때부터 극진하게 대해 줘서 좋기도 했지만, 한편으로 불편했다.

스스로 생각해도 너무 차이가 많이 났기에.

지금에 와서는 차이를 떠나서 차준후와 형제처럼 친밀

하게 지내고 싶은 마음이 컸다.

"편하게 대해도 괜찮겠어요?"

차준후가 웃으며 물었다.

1960년으로 오면서 모든 인연이 끊어졌다고 생각했는데, 마음 한구석으로 전영식이 다가왔다.

"오히려 제가 드리고 싶은 말씀입니다."

"이제부터 편하게 말할게."

차준후가 존칭을 내려놓았다.

그 말을 들은 전영식이 환하게 웃었다.

많이 기다렸고 바랐던 친근한 말투였다.

덴마크에서 두 사람이 한층 더 가까워졌다.

일정을 끝낸 차준후와 일행이 덴마크에서 마련해 준 비행기를 타고 하늘로 날아올랐다.

비행기 1대가 아니라 무려 4대였다.

비행기 안에는 대한민국으로 가는 젖소들과 관련 물품들이 가득 실려 있었다.

* * *

뜨거운 여름날 오후 4시, 김포공항 활주로에 덴마크 비행기들이 내려섰다.

차준후가 입국 수속을 따로 하지 않았다.

"서울시청에 환영식을 하려고 기다리고 있는 분들이 많습니다."

심유성이 말했다.

활주로에는 검은색 차량들이 이미 대기하고 있었다.

차량이 공항을 빠져나가 그대로 서울시청을 향해 내달렸다.

출국했을 때보다 더욱 편안하게 움직이는 차준후였다.

제1한강교를 통과하면서 차량 창문을 통해 보이는 서울의 풍경은 삭막했다.

어제까지 보고 즐겼던 덴마크의 풍요로운 풍경과는 너무나도 달랐다.

"너무 황량하네요."

전영식이 중얼거렸다.

"유럽과 비교할 때는 그렇지."

차준후가 편하게 말했다.

먼지 폴폴 날리는 황무지.

땟국물 줄줄 흘리는 봉두난발의 거지들이 구걸을 하였고, 지게를 메고 짐꾼들이 돌아다녔고, 비닐우산을 파는 우산 장수들이 보였다.

빈곤한 대한민국의 일상을 보여 주는 광경이다.

"잘사는 날이 빨리 오면 좋겠어요."

"물론이지. 폭발적으로 성장하는 시기가 곧 올 거야."

곧 대한민국이 폭발적으로 성장할 날이 얼마 남지 않았다.

그때를 놓치지 않기 위해서는 스카이 포레스트도 한층 성장해야 했다.

"사장님이라면 해내실 수 있을 겁니다."

"우리 직원들과 함께하는 거지."

차준후가 전영식을 바라보며 말했다.

미래의 지식을 가지고 잘나가고 있는 그와 달리 진짜 대단한 재능을 지닌 건 바로 전영식이다.

제대로 후원받은 전영식이 얼마나 높이 올라갈지 옆에서 지켜보는 재미가 쏠쏠하다.

"기대를 저버리지 않도록 노력할게요."

전영식이 다부지게 답했다.

SF목장

 서울시청 대강당에서 차준후의 귀국 환영식이 성대하게 열렸다.
 이날 정부 부처의 고위 관료들과 스카이 포레스트 직원들, 언론 관계자 등은 대강당이 북적일 정도로 모였다.
 대한민국의 숙원 사업을 성사시킨 차준후의 목에는 꽃다발이 걸렸다.

「대한민국의 건아 차준후! 우리나라에 낙농 사업을 펼치다!」
「스카이 포레스트! 낙농 사업 진출!」
「차준후! 또 한 번의 쾌거를 일으키다.」
「경영업계의 젊은 기린아! 젖소와 함께 귀국한 차준후!」

이튿날 언론에서는 차준후가 덴마크로 가서 해외 차관을 가져왔다는 기사들을 일제히 내보냈다.

"조용하다 싶었더니 해외에 갔다가 온 거구나. 이번에도 굵직한 사업을 성사시켰어."

"다른 사업가들은 젊은 차준후 사장 절반만 해도 대박이겠다."

"이제 우유 마음껏 먹을 수 있는 시대가 온 거야?"

사람들이 신문을 읽으면서 열광했고, 갈채를 보냈다.

대한민국의 앞날에 영향을 줄 수 있는 대단한 성과를 낸 것이었다.

혁신과 변화를 줄 수 있는 가장 앞자리에 차준후가 서 있었다.

* * *

귀국 이튿날.

용산 스카이 포레스트 사장실.

"사장님, 부르심을 받고 달려왔습니다."

감홍식이 문을 열고 들어섰다.

지금 시간이라면 밖에서 영업을 뛰느라 여념이 없을 시간이었다.

최근에 찾는 곳이 많아져서 몸이 열 개라도 부족했다.

땀을 뻘뻘 흘리며 한창 바쁘게 일하고 있지만 사실 행복했다.

"어서 오세요. 의논하고 싶은 일이 있어서 불렀습니다."

차준후가 감홍식을 쳐다보며 말했다.

"제가 의논 대상이 될 수 있을까요?"

살짝 주눅 든 표정의 감홍식이 소파에 앉았다.

"충분히 됩니다. 자신을 너무 과소평가하지 마세요."

감홍식 맞은편에 앉은 차준후는 사람들과 대화하며 의논하기를 선호했다.

혼자만의 생각이나 판단보다 집단의식을 통한 합의가 좋게 나올 가능성이 높으니까.

미래에서 정신만 회귀한 이방인인 자신은 1960년대의 환경이나 삶의 가치관들에 대해 잘 몰랐기에 현지인들과 이야기를 나눠야만 한다.

"마실 거라도 드릴까요?"

"아닙니다. 출근하자마자 탕비실에서 오렌지 주스를 맛있게 먹었습니다."

직원들이 가장 선호하는 음료는 오렌지 주스를 비롯한 착즙 음료와 탄산음료였다.

"잘하셨습니다. 운전면허는 취득하셨습니까?"

"미욱해서 아직 취득하지 못했습니다. 이번 주 토요일에 직원들과 함께 운전면허 시험을 보러 가기로 했습니다."

"아! 그래요. 그럼 저도 시험을 보러 가야겠네요."

차준후는 직접 운전하는 걸 선호했다.

바쁘게 돌아다니면서 일을 보다 보니 운전면허 취득이 늦어졌다.

게다가 택시를 잡으면 막히지 않고 시원하게 뚫린 도로를 씽씽 달리다 보니 운전면허 취득에 대한 생각도 크지 않았다.

"학과 시험은 다들 통과하신 모양이네요."

"학과 시험이라고요? 처음 듣는데, 그게 뭡니까?"

"……교통법규를 비롯한 안전운전에 대한 전반적인 필기시험을 이야기했습니다. 해외에서는 운전시험 전에 필기시험을 보니까요."

"아! 외국과 달리 국내에는 아직까지 필기시험은 없습니다. 그저 운전시험만 통과하면 곧바로 운전면허증을 받을 수 있습니다."

감홍식이 차순후에게 실명했다.

똑똑하면서 천재적인 차준후였지만 간혹 가다가 부족한 면을 드러냈다.

사실 이런 면이 싫지 않았다.

더욱 인간적이면서 친숙해 보였으니까.

"제가 착각했네요."

운전면허 학과 시험이 존재하지 않는다니, 이럴 때마다

1960년대라는 걸 새삼 느낀다.

"신규 사업을 하고 있다는 건 알고 있으시죠. 그 일을 맡아 줘야 할 사람이 필요합니다."

부른 용건을 꺼내면서 대화의 방향을 틀어 버렸다.

"저는 영업을 뛰는 사람입니다. 공장에 있도록 해 주십시오."

감홍식이 차준후의 의논 이야기를 곧바로 알아차렸다.

피할 수 없는 일이라는 생각도 들었다.

그러나 익숙한 일에서 벗어나 알지도 못하는 일을 하고 싶지도 않았다.

"실무를 맡아서 할 사람이 있어야 합니다."

차준후는 거부하는 감홍식에게 밀어붙였다.

영업을 뛸 때도 지켜봤지만 역시나 감이 좋은 사람이었다.

열정적이면서 변화에 능동적으로 대처할 수 있는 사람이 필요했다.

"어려운 일입니다. 못 배운 제가 무엇을 할 수 있겠습니까?"

"못 배워서 어렵다면 배우면 되는 문제겠죠. 운전면허처럼요."

차준후가 손때가 묻은 십여 권의 서적을 감홍식에게 건네줬다.

잘 알지 못하는 낙농산업 분야에 대해 공부하기 위해 많은 책들을 읽었다.

 한국어로 번역된 책들 외에 원서들도 찾아서 읽어 봤다.

 "이건?"

 "신규 사업과 관련된 책들입니다. 읽어 보면 도움이 될 겁니다. 우선 공부해 보고 다시 이야기하는 건 어떻겠습니까?"

 물론 갑작스럽게 공부를 하려면 우여곡절이 많겠지.

 "사장님, 정말 못하겠습니다. 책 냄새만 맡아도 기절하는 체질입니다."

 반대 의견을 들었지만 차준후의 얼굴에는 아무런 변화가 없었다.

 "실장으로 승진시켜 줄 테니까, 낙농 사업에 관련된 업무를 맡아주세요."

 차준후의 파격적인 이야기가 계속됐다.

 직장인늘이 가상 좋아하는 길 통보한 것이다.

 거세게 반발하고 있던 감홍식의 눈이 커졌다.

 "실장이라고요?"

 "이쪽 바닥 냉정한 거 알고 계시지요? 간부 되기 쉽지 않습니다."

 차준후는 회사 창업 인사라고 해서 간부로 올려줄 생각이 없었다.

노력하는 만큼 가져갈 수 있다.

이건 파격적인 조치였다.

사실 일반적인 경우 잘나가는 회사의 임원이나 간부가 되려면 대학교를 졸업해야 한다.

최소한 고등학교까지는 나와야 대학교 졸업생들과 경쟁할 수 있다.

"……알겠습니다."

감홍식이 결국 승낙하고 말았다.

못 배운 탓에 많은 고난을 겪어 왔고, 기회조차 잡아보지 못했다.

이건 기회였다.

"낙농 사업이 잘되겠습니까? 솔직히 그게 걱정됩니다."

"그게 문제였군요."

"지금 환경에서는 제대로 된 사업이 될 수 없다고 생각합니다."

속내를 드러냈다.

그만의 생각이 아니라 모두 비슷한 생각이었다.

신문에서도 낙농 사업 진출은 아직 시기상조라는 의견이 많았다.

"낙농 사업이 당장 돈이 되지 않는다는 건 누구보다 제가 잘 압니다."

"그런데 왜?"

"초반에는 적자를 볼 수도 있지만 장기적으로는 돈을 법니다. 그러니 초반에 계속해서 적자가 난다고 해도 받아들일 수 있습니다."

차준후는 낙농산업이 대한민국에서 발전하게 된다는 걸 안다.

서울과 경기 지역을 움켜잡고 있었던 경성우유의 밝은 미래를 직접 지켜봤다.

엄청나게 큰돈을 만질 수 있는 사업은 아니지만 꾸준하게 이득을 보는 건 가능하다.

"여전히 저는 사업이 어렵다고 생각하고 있습니다. 하지만 사장님이 잘된다고 하시니 괜찮다는 생각이 비로소 듭니다. 열심히 해 보겠습니다."

감홍식은 아직도 감이 잡히지 않았다.

자신을 믿지 못해도 차준후는 철석같이 믿었다.

한 번도 틀린 판단을 내리지 않았고, 만드는 화장품마다 엄청난 돌풍을 일으키고 있었으니까.

"그 마음이면 됩니다. 일정을 잡아 줄 테니까 일본에 다녀오세요."

"네? 일본이요?"

"교육 연수 차원이라고 생각하면 됩니다."

차준후는 감홍식을 교육연수 차원에서 일본으로 보내려고 했다.

사업 실무 책임자를 교육시키기 위한 계획이었다.

앞서나가고 있는 일본의 시스템을 배워 적용시키기 위함이었다.

상공부와 이미 이야기가 됐다.

졸지에 해외로 출국 예정된 감홍식이었다.

"저만 갔다 오는 건가요?"

"부인과 함께해도 괜찮습니다. 이번 기회에 해외 연수 겸 해외여행을 다녀오셔도 좋겠네요."

"……감사합니다, 사장님."

감홍식이 자리에서 벌떡 일어나 허리를 굽혔다.

이런 사장이 어디에 있을까.

교육 차원이라고 하지만 해외여행을 보내 준다고?

당사자뿐만 아니라 부인까지?

돈이 얼마나 들어갈지 모르겠다.

이처럼 많은 걸 받아도 되는 걸까?

방금 전 어렵고 힘들게 생각돼서 승낙하지 않았던 게 너무나도 부끄러웠다.

"사장님, 믿고 맡겨 주신 일 누구보다 잘해 보겠습니다."

"열심히 일하시면 그만큼 좋은 일이 생길 겁니다."

차준후가 아직은 부족한 감홍식에게 덕담을 겸해서 조언해 줬다.

본격적인 궤도에 오르기만 한다면 꾸준하게 성장할 수

있는 분야가 바로 낙농산업이다.

좋은 성과를 낸다면 스카이 포레스트 낙농 사업의 임원이나 간부급으로 올려줄 생각이었다.

* * *

"경치가 좋네요. 덴마크에서 봤던 목장이 떠오릅니다."

심유성이 이야기했다.

"비슷한 느낌이 납니다."

경기도 성남에 위치한 영장산에 올라서 주변을 둘러보던 차준후가 동의했다.

군데군데 초가집들이 보이는 평범한 시골 풍경이었다.

낙농 사업의 첫 과제는 부지 선정이었다.

차준후와 심유성, 정부 부처 사람들, 덴마크에서 파견된 전문가 등이 젖소들이 잘 지낼 수 있는 스카이 포레스트 목장, 이른바 줄여서 SF목장 부지를 찾아서 서울 근교를 돌아다니는 중이었다.

"보시는 것처럼 풀이 잘 자라는 지역입니다. 연평균 기온과 강우량, 토질 등이 목장으로 삼기에 적당합니다."

"지도를 좀 봅시다."

"지도, 여기 있습니다."

인근 동사무소에서 파견된 말단 공무원이 차준후에게

두 손으로 상세한 지도를 건넸다.

성남 지역 상세도.

차준후가 지도를 보면서 논과 밭, 언덕 등으로 황량한 지역을 살폈다.

"영장산과 이어진 이곳이 야탑동이군요."

"맞습니다."

'여기가 분당이구나.'

황량한 풍경이었지만 차준후의 눈에는 빌딩들과 아파트 등이 보이는 듯했다.

분당의 역세권이지 중심상가, 업무지구로 성장하는 야탑동!

판교의 배후도시로서 판교가 확장될수록 더 큰 수요층을 확보하는 지역이 바로 야탑동이다.

구매하지는 못했지만 전생에서 분당 야탑동에 아파트를 구입하려고 몇 번 임장했기에 잘 알았다.

천당 아래 분당!

미래 1기 신도시로 발전하는 계획도시 분당은 일자리, 교통, 학교, 녹지 등 모든 것을 갖추게 된다.

크게 발전하는 지역이 바로 분당이었다.

"사장님, 여기는 종합평가에서 가장 떨어지는 곳입니다. 볼 만큼 보셨으면 다른 곳을 둘러보러 가시죠."

"음! 더 이상 둘러볼 필요가 없을 것 같네요."

"네? 무슨 말씀이신지?"

"여기로 결정했습니다."

차준후의 의견은 명확했다.

이러한 판단은 미래를 경험했기 때문이기도 했지만 성남이라는 위치가 좋았기 때문이었다.

성남은 앞으로 발전할 강남과 아주 가까웠다.

"종합평가에서 좋은 평가를 받은 나머지 지역들은 살펴보지 않으시고요?"

깜짝 놀란 심유성이 되물었다. 이해가 가지 않았다.

가볍게 결정할 문제가 아니라 가장 좋은 부지에 목장을 건설해야만 한다.

"여기 분당 지역이 마음에 듭니다. 이곳에 목장을 건설하겠습니다."

차준후가 싱긋 웃었다.

단순히 목장 부지만 생각했는데.

세1기 신도시 지역으로 선정될 분당 지역이라면 말이 다르다.

목장 부지는 그야말로 황금알을 낳는 대지가 된다.

"하아! 알겠습니다. 사장님의 결정을 위에 보고하겠습니다."

말이 통하지 않는다는 걸 깨달은 심유성이 한숨을 내쉬었다.

다른 상위 지역보다 밀릴 뿐, 사실 분당 지역도 크게 나쁘지는 않았다.

  "그런데 애초에 백만 평으로 목장을 만들기로 했잖습니까."

  "계획상으로는 그렇습니다."

  "규모를 더 키울 수 있을 것 같은데요."

  "좋은 생각입니다."

  심유성이 환한 표정을 지었다.

  상공부에서는 낙농 사업 규모를 더욱 키웠으면 하는 바람이었다.

  알아서 키워 준다고 하니 반길 수밖에 없었다.

  * * *

  "살펴보니 야탑동 일부는 국유지이더군요."

  "맞습니다."

  "야탑동 국유지들을 할양받고 싶습니다."

  "잘못하면 투기를 목적으로 엄청난 땅을 사들인다는 오해를 받을 수도 있습니다."

  스카이 포레스트와 차준후는 백만 평이나 되는 넓은 땅을 낙농 사업에 사용한다는 부분에서 땅 투기 의혹을 받고 있었다.

"압니다. 사촌이 땅을 사면 배 아파하는 사람들이 나타나기 마련입니다. 제가 떳떳한데 뭐가 문제입니까? 낙농 사업에 넓은 목장 부지는 필수라는 걸 아셔야 합니다."

차준후가 대수롭지 않게 여겼다.

"상공부와 재무부 사세국에 투서가 엄청나게 많이 들어오고 있다고 저번에 말씀드렸죠. 사세국에서 벼르고 있다는 소문도 있어요. 문제가 될 수도 있으니 약간은 조심하셔야 합니다."

궁핍하고 어려운 시절이기에 효과적인 징세가 무엇보다 중요했다.

개인과 법인의 소득을 정확히 파악하는 것이 필수적이었고, 세금을 거둬들이는 재무부 사세국의 지위는 높았다.

권한이 크면서 돈과 연결되어 있는 부서였기에 부정부패도 심했다.

이번 스카이 포레스트에 관련된 낙농 사업에 있어서 상공부와 재무부의 주도권 다툼이 있었고, 결국 처음부터 모든 업무를 진행했던 상공부가 차지했다.

이로 인해 재무부 사세국에서 탈루하는 세금이 있는지 면밀하게 들여다본다는 소문도 있었다.

"조사하고 싶으면 하라고 하세요. 땅 투기 문제는 의혹으로만 머물 테니 결코 문제가 되지 않습니다. 그리고 세금은 한 푼도 깍지 않고 내거나 낼 예정이니까, 사세국에서 세무조사를 하고 싶으면 회사로 방문하라고 하세요."

차준후는 당당했다.

남들이 엄두도 내지 못한 일을 진행하면서 불협화음은 일어나기 마련이었다.

국가와 국민에 좋은 일을 한다고 해서 모두가 좋아하는 건 아니었으니까.

언제 어디서나 불평불만과 질투심, 시기심 등을 가지고 있는 자들은 존재한다.

"큰일을 하시는데 승냥이 떼처럼 날뛰는 놈들 때문에 고생하시네요."

"낙농산업 규모를 키우는 데 있어 정부의 적극적인 협조를 기대해도 괜찮겠지요?"

"물론입니다. 개인적으로 제대로 된 지원을 해 줘야 한다고 생각합니다."

"기존에 이야기된 토지 금액에 대지가 늘어날 만큼 추가로 지불하겠습니다. 미약하겠지만 국가재정에 도움이 되었으면 좋겠네요."

차준후가 이야기했다.

심유성은 왜 분당지역에 목장 부지를 크게 키우는지 이해하지 못했다.

사실 목장 부지를 정부에서 무상으로 공급한다고 방침

을 정했다.

'나중에 문제가 될 가능성이 있어.'

차준후는 특혜로 비칠 수 있다며 목장 부지에 돈을 확실하게 지불하겠다고 나섰다.

그래야 차후에 목장 부지를 다른 용도로 전용하기가 용이하고, 정부에 토지 보상을 받고 넘기는 것도 수월했다.

'땅값도 저렴해서 부담도 안 되니까. 공짜라고 해서 덜컥 먹었다가 체하면 약도 없어.'

독재자의 등장과 함께 부정 축재로 몰렸다가는 큰일이었다.

스카이 포레스트가 한순간에 날아갈 수도 있었다.

영장산 땅값이 평당 100환도 안 됐다.

국유지인 데다가 농사를 지을 수도 없는 곳이었기에 엄청나게 저렴했다.

100만 평을 산다고 해도 미래의 서울 아파트 한 채 값도 안 되는 돈이있다.

"적극적인 협조는 정부가 아니라 사장님이 해 주시는 겁니다. 사장님은 정말 다른 사람들과 생각이 다르시네요. 조국에 대한 사랑이 아주 각별하십니다."

심유성은 차준후의 이야기에 뜨거운 감동을 느꼈다.

가슴이 벅차올랐다.

대한민국에 차준후와 같은 사업가만 있다면 정말 살 맛

날 것 같았다.

"제가 편하자고 하는 일입니다."

차준후가 당황했다.

미래에 가치가 올라가는 분당 땅을 일찌감치 헐값으로 구매하려는 것이었다.

조국을 따뜻하게 생각하는 바는 조금도 없었다.

"말씀하시지 않아도 압니다. 사장님의 마음."

주변에서 듣고 있는 다른 사람들도 심유성의 똑같은 생각이었다.

"역시 들었던 소문과 다르지 않네요."

심지어 동사무소에서 나온 말단 공무원은 크게 감동해서 눈가가 붉어져 있었다.

"땅 매입을 영장산과 인접한 대지 위주로 했으면 합니다."

차준후가 산 아래 넓게 펼쳐진 논밭을 내려다보며 이야기했다.

"목장을 조성하려면 영장산 일대가 더 좋다고 생각합니다만……."

"야탑동 일대 위주로 낙농 산업과 관련된 공장을 조성하려고 합니다. 목장과 멀리 떨어진 것보다 가까운 편이 좋으니까요."

"그것도 맞는 말입니다. 말씀하신 것처럼 야탑동 일대

를 스카이 포레스트에 불하할 수 있도록 조치하겠습니다. 차후에 사업 확장까지 고려해 보면 이매동 대지 일부까지 포함시킬 수 있을 것 같습니다."

"이매동까지 포함시킵시다."

"좋습니다."

차준후가 흔쾌히 받아들였다.

아낌없이 팍팍 주는구나.

'화장품 사업을 위해 낙농 사업을 펼쳤더니, 분당이 따라오는구나.'

기쁨을 감추지 못했다.

낙농 사업을 시작하자마자 벌써부터 대단한 자산을 움켜쥐게 되었다.

이제 시간을 두고 묵혀 두기만 하면 엄청난 부를 안겨 주게 되리라!

천운이 함께하고 있는 모양이다.

"스카이 포레스트가 들어서는 성남에 예산 지원이 이뤄질 겁니다. 성남은 앞으로 좋아지겠습니다."

도로, 전기, 수도 등 정부 부처에서 신설될 목장과 공장에 지원해 줘야 할 기반 시설들이었다.

열악한 시골 지역이 자연스럽게 발전할 수밖에 없었다.

"좋아지게 만들 겁니다. 그것이 제가 해야 할 의무라고 생각하니까요. 목장과 공장 등을 건설하려면 앞으로 바빠지겠네요."

차준후가 다부지게 말했다.

'이 시대에 깨어난 건 하늘이 내게 뭐라도 해 보라고 한 거겠지.'

새삼 느꼈다.

1960년대 대한민국 경제가 활발하게 돌아갈 수 있도록 적극적으로 움직일 작정이었다.

심유성은 앞으로 영장산과 야탑동, 이매동 일대에 들어설 거대한 목장과 공장 등을 예상할 수 있었다.

땅!

근래 들어 공무원들 사이에 땅 투자가 재산 증식에 아주 좋다는 이야기가 돌았다.

지금 성남 일대는 황무지나 다름없었다.

성남에 땅을 구매하면 현시세보다 몇 배로 이득을 보지 않을까?

'집에 돈이 얼마나 있더라? 복덕방에 가서 일대에 나온 땅이 있는지 알아봐야겠어.'

야탑동 일대에 나온 땅을 매입할 작정인 심유성이었다.

사실 목장 부지 예정지에 대한 정보가 일부 공무원들과 투자가들에게 흘러 나갔다.

그들은 가능성이 높은 예정지 인근의 농지와 임야 등을 적극적으로 매입하였다.

이 탓에 몇몇 예정지들에 스카이 포레스트의 사업체가 입점한다는 소문이 돌았고, 땅값이 꿈틀거렸다.

스카이 포레스트는 시장에서 뜨거운 감자였다.

돈 좀 있는 사람이라면 누구나 스카이 포레스트와 관련된 사업에 투자하고 싶어 했다.

'선매입한 사람들 손해가 엄청나겠는걸.'

심유성이 웃음을 참지 못했다.

발 빠르게 움직인 사람들 가운데 가장 가능성이 떨어지는 성남 일대 땅을 매입한 사람들이 얼마나 될까?

아마 거의 없을 것이다.

생각만 해도 기분이 매우 좋았다.

차준후의 결정으로 인해 땅 투기로 돈을 벌려고 움직인 많은 사람들이 큰 손해를 보게 됐다.

"재미있는 일이라도 있는 모양입니다."

차준후가 웃고 있는 심유성을 보면서 물었다.

"사장님의 선택으로 인해 손해를 본 공무원들과 투자가들이 있을 것 같아서요."

주변을 둘러보던 심유성이 작은 목소리로 이야기했다.

"무슨 이야기인지 알겠네요. 낙농 사업에 관심을 가지고 있는 사람들이 많겠죠."

"맞습니다. 뭐라도 얻겠다고 날뛰는 사람들이 널렸습니다. 제가 알기로 현시세보다 웃돈을 주고 땅을 산 사람들이 많다고 들었습니다. 사장님이 현지답사를 다닌다는 소식과 함께 예정지의 현지 땅값이 꿈틀거리고 있습니다."

"급하게 움직였다가 오히려 손해를 본 거죠."

차준후도 따라 웃었다.

사실 우리나라에서 땅 투기는 서민들에게 기회라기보다 좌절과 낙담, 절망을 준다.

오랫동안 절약해 가면서 노력해야 벌 수 있는 돈을 단숨에 땅 투기로 버는 권력가와 자산가들을 보면서 눈물을 수도 없이 흘리고는 한다.

"사장님, 막으려고 하겠지만 오늘 이후로 스카이 포레스트 목장과 공장이 성남에 들어선다는 소문이 빠르게 퍼져 나갈 겁니다."

"소문을 막지 마세요. 곧바로 사업을 진행할 생각이니까, 공식적인 발표를 하는 편이 좋겠네요."

"네? 그러면 민간의 땅을 매입하기가 불편하지 않겠습니까?"

"저는 사업을 숨겨 가면서까지 민간의 땅을 매입하고 싶지는 않습니다. 제 돈을 주고 구입해야지요. 그리고 다른 사람들이 헐값으로 원래 땅 주인의 이득을 빼앗아 가는 것도 보기 싫고요. 그러니까 제 걱정을 하지 마시고 발표해 주세요."

담담하게 이야기하는 차준후의 모습에 심유성은 심하게 부끄러움을 느꼈다.

"제가 너무나도 부끄럽습니다. 이번 기회에 한몫 챙기려고 땅을 구매하려고 했습니다."

"구매하세요."

"네? 원주인들이 이득을 보는 편이 좋다고 말했잖습니까?"

"개발 사실을 알리지 않고 은밀하게 구매하면 이득 편취라고 생각했을 뿐입니다. 땅값이 꿈틀거리면 땅을 가지고 있는 것보다 팔려는 사람들이 나오기 마련입니다. 그런 사람들을 어떻게 말릴 수 있겠습니까?"

차준후가 앞으로 벌어질 일들을 예감했다.

땅값이 오르면 팔겠다는 사람들이 나타나게 된다.

여기에 소식을 듣고 벌 떼처럼 달려들 구매자들!

팔겠다는 사람들과 그것보다 많은 구매자들로 인해 성남 일대 부동산들이 요동치게 된다.

"무슨 이야기인지 알겠습니다."

"내려갑시다."

차준후가 산을 내려가기 시작했다.

그 뒤를 따라 심유성을 비롯한 사람들이 뒤따랐다.

* * *

스카이 포레스트에 성남 일대의 국유지 백십만 평에 대한 할양이 이뤄졌다.

땅 매입 금액을 납부했다.

차준후가 성남 영장산에서 참석자들과 기공식을 진행했다.

"스카이 포레스트 목장 기공식 행사에 참여해 주신 모든 분께 진심으로 감사드립니다. 지금부터 본격적으로 기공식을 진행하겠습니다."

사회자로 나선 감홍식의 목소리가 흘러나왔다.

짧은 시간 동안 기공식 행사를 준비하기 위해 어려움도 있었지만 나쁘지 않은 시간이었다.

곧바로 착공을 시작하려고 했지만, 상공부와 정치권에서 기공식을 열어 달라고 간절하게 부탁해 왔다.

"흠!"

차준후가 주변을 둘러봤다.

상공부 부국장 홍종오를 비롯한 정부 부처 사람들과 국회의원을 비롯한 정치인들, 서울 경기 낙농협회 관계자들, 지역주민, 론도건설, 백호벽돌 등 수많은 사람들이 참석했다.

'사업가로 살아가려면 이런 귀찮은 일도 감수해야만 하겠지.'

차준후는 사고의 폭과 시야를 넓혀나갔다.

연구원이라면 홀로 생존의 길을 찾아 나갈 수 있었지만, 직원들을 이끄는 사업가였기에 싫은 일도 해야 한다는 걸 알았다.

'정치인들과 공무원들에게 부정적으로 비쳐서 좋을 것은 없어.'

회사를 경영한다는 건 단순히 물건만 파는 일로 국한되지 않는다.

사업은 주변과 포괄적 관계를 새롭게 구축하거나 맺어가는 과정이기도 하다. 관계를 좋은 쪽으로 개선하지 않는다면 언제 문제가 될지 모른다.

광범위한 분야에 걸친 사업 문제를 생각하게 됐다.

어쩌다 사장이 되고 보니 신경 써야 할 문제들이 한둘이 아니었다.

"참으로 대단한 일을 하셨소."

사람 좋아 보이는 미소를 머금은 백발의 국회의원이었다.

제9장.

기공식

기공식

대단한 정치인이라고 소개를 받았는데 이름이 뭐였더라?
대충 들었더니, 기억이 나지 않았다.
"정치권과 정부 부처에서 도와준 덕분입니다."
차준후가 웃으며 겸손하게 대답했다.
"부족한 점이 있으면 명함 연락처로 언제든지 연락하세요. 힘을 보태드리리다."
친근한 사이가 되고 싶은 젊은 천재 사업가!
대한민국에서 아무도 해내지 못한 낙농 사업 해외 차관을 덴마크에서 가지고 온 기린아!
정치인으로서 잘나가는 차준후와 가까이 지내고 싶은 마음을 팍팍 드러냈다.
"감사합니다, 의원님."

차준후가 의원을 머릿속에서 지워 버렸다.

명함의 연락처를 통해 연락하고 싶은 생각은 눈곱만치도 없었다.

'정치권과 엮이고 싶지 않아. 그저 가깝지도 그리고 멀지도 않은 적당한 간격을 유지하자.'

솔직한 속마음이었다.

그러나 자신과 스카이 포레스트의 생존, 발전을 위해서는 능동적으로 정치권의 흐름에 대응해야 한다는 사실을 누구보다 잘 알았다.

'사업만 잘한다고 살아남을 수 있는 시기가 아니야.'

격동과 혼란의 시기, 대한민국에서 사업을 하려면 무엇보다도 생각과 마음이 열려 있어야 한다.

상황에 맞춰서 적절하게 처신하고 있는 차준후였다.

'음! 정치와 엮이고 싶어 하지 않는구나.'

노회한 정치인은 예의 바른 차준후의 언행을 보면서 곧바로 알아차렸다.

흠잡을 데 없이 정중한 모습이었지만 먼저 다가서는 부분이 일체 보이지 않았다.

대부분의 사람들은 권력을 잡고 있는 정치인들에게 잘 보이려고 노력했다.

그런데 차준후에게서는 알 수 없는 거리감이 묻어져 나왔다.

'존중해 줘야겠지.'

지금보다 더욱 대한민국에 대단한 일을 해낼 사업가라는 느낌이 왔다.

'내가 봐도 요즘 정치권은 아주 엉망이니까. 전도유망한 젊은 사업가로서 정치인과 친하게 지내고 싶지 않을 테지.'

그는 정치적 안정을 도모하기 위해 불철주야 노력하고 있었다.

소수의 뜻있는 사람들과 달리 권력을 잡기 위한 수많은 정치인과 단체들의 다툼으로 인해 정치권의 혼란이 잡히지 않고 더욱 난잡해지는 형국이다.

'빠르게 정치 혼란을 잡아야 하는데……. 젊은 천재가 마음껏 사업할 수 있는 환경을 만들어 줘야 한다. 그것이 천재와 나라를 위한 길이야.'

그는 정치인으로서 국가를 위해 노력해야겠다고 새삼 다짐했다.

동시에 괜히 천재 사업가의 앞길을 방해하고 싶지 않았다.

도움을 주지 못한다면 어디까지 성장할지 옆에서 조용히 지켜보고 싶었다.

'아쉽구나. 개인적으로라도 가깝게 지내고 싶은데 말이야.'

정치인이 차준후를 따뜻한 눈길로 바라보았다.

저런 천재가 정치인의 비위를 맞추거나 정부 규제 때문에 제대로 사업을 못 한다면, 참으로 어이없는 일이었다.

사업하기 바쁘다면 가만히 내버려 두는 게 배려였다.

기공식 행사가 진행되고 와중에 정치인들과 공무원 등이 주변 사람들과 이야기를 나누면서 흥겨운 분위기를 연출했다.

낙농 산업 기공식 현장은 참석자들에게 있어 사교의 장이었다.

기공식 행사가 빠르게 진행됐다.

개회 선언을 시작으로 경과보고, 축사 순으로 진행됐다.

"……우리는 멈추지 않고 계속해서 앞으로 나아가야 합니다. 마지막으로 스카이 포레스트 목장이 대한민국 좋은 목장의 이정표가 될 수 있도록 차질 없이 안전하게 완공되기를 기원합니다."

노회한 정치인이 길었던 축사를 마침내 끝냈다.

참석한 기자들의 사진 세례를 받으면서 뿌듯한 표정을 짓고 있었다.

이해한다.

정치인에게는 얼굴을 알리는 것이 생존권 문제였으니까.

'내일 신문에 저 정치인의 사진과 기사가 실리겠군.'

차준후가 쓴웃음을 지었다.

기자들을 만나면서 종종 이용하고 있었지만 국내 언론을 그다지 신뢰하지는 않았다.

"많은 분들이 함께 이 자리를 빛내 주셨는데요. 어느 때보다 더욱 기억에 남는 시간이 된 것 같습니다. 함께 참여하신 분들과 함께 기공식 삽을 뜨는 마지막 시간을 가지겠습니다. 사장님과 귀빈들께서는 가운데로 나와 주십시오."

감홍식의 말과 함께 차준후가 삽을 들고서 움직였다.

몇 번 잡아봤다고 손에 착착 감기는 삽 손잡이의 감촉이 괜찮았다.

차준후를 비롯한 정치인과 홍종오, 건설 관계자 등이 일렬로 쭉 섰다.

"하나, 둘, 셋!"

감홍식이 구령을 붙였다.

"시작합시다."

차준후가 낙농 사업의 첫 삽을 떴다.

본격적인 낙농산업의 시작이었다.

목장 건물은 일차적으로 지상 2층 4,572평 규모로 걸립될 예정이다.

내부에는 착유 시설, 저장 시설, 냉장 시설, 직원 시설, 젖소 치료 시설 등 다양한 시설이 들어선다.

"사장님, 백호벽돌을 목장 건설에 참여시켜 주셔서 감사합니다."

송영중이 중년 사내와 함께 차준후에게 다가와 넙죽 고개를 숙였다.

이번 건설에 참여하려는 건설 업체들이 무척 많았다.

덴마크에서 날아온 기술자들과 전문가들의 건설기술을 얻을 수 있다는 소문이 건설업계에 쫙 돌았다.

경쟁력 높은 굵직굵직한 건설 업체인 창천건설, 성삼토건, 대현건설개발 그리고 론도건설 등이 사업에 참여하기 위해 많은 노력을 기울였다.

이번에 참여하게 된 업체는 대현건설개발과 론도건설, 성삼토건 그리고 누구도 예상하지 못한 백호벽돌이었다.

대현건설개발이 유리 공장에 참여하게 되었고, 론도건설과 백호벽돌이 목장 건설, 성삼토건이 냉장 시스템에 관련된 부분을 전담하기로 결론이 났다.

선설 업체들이 수주받은 분야를 덴마크에서 파견된 전문가들의 엄격한 관할하에 동시다발적으로 건설할 예정이었다.

"실력이 있으니까 참여할 수 있게 된 겁니다."

차준후가 웃으며 반겼다.

실력을 떠나서 열정적으로 일하는 인부들과 송영중을 좋게 보았다. 그렇기에 이번 사업에 참여할 수 있는 기회를 제공했다.

"정말로 감사합니다."

중년 사내가 허리를 숙였다.

쟁쟁한 업체들을 따돌리고 백호벽돌이 낙농 사업에 참가하자 난리가 났다.

선정되지 못하고 탈락한 업체들이 불만을 제기하고 있었고, 백호벽돌보다 잘할 수 있다며 반발하고 있었다.

"제 삼촌입니다. 그리고 백호벽돌을 이끌고 있는 사장님이시기도 하고요."

"반갑습니다. 스카이 포레스트 사장 차준후입니다."

"송대건이라고 합니다. 앞으로 잘 부탁드립니다."

송대건이 두 손으로 명함을 내밀었다.

차준후도 지갑에서 명함을 꺼내어서 건넸다.

"안녕하십니까. 론도건설을 맡고 있는 진인모라고 합니다. 즐거운 대화를 나누고 있는 것 같아서 실례를 무릅쓰고 찾아왔습니다. 차준후 사장님이시죠? 아버지에게 많은 이야기를 들었습니다."

론도그룹 회장 진남호의 차남 진인모가 사람 좋게 웃었다.

"반갑습니다."

차준후가 진인모와 인사를 나눴다.

"잘 지내셨습니까?"

"아! 오랜만이네요. 백호벽돌이 이번에 함께한다는 소식을 듣고 시장 경쟁력이 이름값만으로 되지 않는다는 걸 느꼈습니다."

진인모가 백호벽돌을 치켜세웠다.

좋게 평가하는 한편으로는 회사가 보잘것없을 정도로 작다며 매도하고 있었다.

은근히 돌려서 까는 이야기였다.

그걸 당사자들이 곧바로 눈치챘다.

"누가 백호벽돌이 될 줄 알았겠습니까. 이를 바탕으로 많이 배워서 높이 올라가면 되는 일이겠지요. 종합 건설 회사가 되라는 차준후 사장님의 덕담까지 들었습니다. 돈만 있다고 해서 되는 일이 아니지요."

송영중이 이번 기회에 백호벽돌을 뛰어난 기업으로 거듭나게 만들겠다고 이야기하면서 은근슬쩍 차준후와의 친한 사이를 거들먹거렸다.

그러면서 몬토건설이 일본에서 들어온 자금으로 성장했다는 점을 꼬집었다.

대화에는 날이 잔뜩 서 있었다.

진인모의 미간이 찌푸려졌다.

"……."

송대건이 안절부절못하고 있었다.

그러거나 말거나 웃으며 주고받는 두 사람의 대화는 더

욱 날카로워져 갔다.

"벽돌을 주로 생산하면서 보도블록을 전문적으로 설치한다고 들었습니다. 저희 회사에서도 벽돌을 많이 사용하고 있는데, 필요할 경우 연락드리죠. 앞으로 잘 부탁드립니다."

진인모가 웃으면서 론도건설의 우위를 내보였다.

사실 불만이었다.

대현개발과 성삼토건 등 론도건설과 비슷한 위치에 있는 업체들은 저마다 독자적으로 사업을 따냈는데, 론도건설만은 백호벽돌과 협력해서 목장을 건설해야만 했다.

마른하늘에 날벼락이었다.

아버지인 진남호가 스카이 포레스트에 거한 선물까지 줬는데.

이런 대접을 받다니, 기분이 심하게 좋지 않았다.

마음 같아서는 차준후에게 따지고, 백호벽돌을 당장에라도 쫓아내고 싶은 심정이었다.

그런 속마음을 사람들 앞에서 그대로 표현할 정도로 어리석지는 않았다.

게다가.

'존중해 줘야 하는 사람이라고 했지. 친하게 지내라고도 말씀하셨어.'

진남호로부터 들었던 말이다.

진인모가 차준후를 조심스럽게 살폈다.

후계자로 경쟁하고 있던 장남 진인규를 홋카이도 일본 지사로 쫓아낸 장본인이 바로 눈앞에 있었다.

함부로 건드렸다가는 오히려 역으로 공격당할 가능성이 높았다.

론도그룹의 눈치 따위는 전혀 보지 않는 차준후였다.

혹시라도 문제를 만들 수 있었기에 차준후 앞에서 정중한 말투와 태도를 유지하려 노력했다.

"론도건설에 납품할 수 있다면 영광이지요. 큰 업체와 협력을 할 수 있게 돼서 회사의 내실을 더욱 키울 수 있을 것 같네요. 연락 기다리겠습니다."

송대건이 좋은 건 좋다고 흔쾌하게 받아들였다.

두 사람의 화기애애한 대화 이면에는 결코 이번 사업에서 밀리지 않겠다는 의지를 드러냈다.

'하아! 만만치 않은 능구렁이네.'

'회사가 작다고 이야기하는네도 불구하고 웃고 있네. 가볍게 봤다가는 오히려 한 방 먹을 수도 있겠어.'

그들이 속내를 겉으로 티를 내지 않았다.

이번 사업에서 제대로 된 모습을 보여 주겠다고 두 회사 모두 단단히 준비해 왔다.

론도건설에서는 중장비들과 전문 인력들을 대동하고 등장했고, 백호벽돌에서도 영혼까지 끌어모아서 중장비와 인력들을 대거 동원했다.

중장비는 론도건설측이 많았고, 동원한 인력은 백호벽돌이 많았다.

"낙농 사업에 참여하는 론도건설과 백호벽돌이 좋은 협력관계가 되기를 바랍니다."

차준후가 슬쩍 끼어들었다.

눈에 보이지는 않지만 두 업체의 경쟁이 높아져 가는 게 느껴졌다.

'두 업체를 선정했더니 바람직하게 서로 들이박는구나.'

세계적인 업체로 성장하는 미국의 애플망고가 왜 업체들에게 경쟁시키는지 이해할 수 있었다.

큰 건설 업체라는 사실을 내세우면서 백호벽돌을 압박하는 론도건설!

작지만 내실 있는 능력 있는 회사라는 걸 강조하는 백호벽돌!

"선의의 경쟁을 펼치면서 잘 지내야지요."

"사장님 말씀처럼 좋은 관계를 유지하겠습니다."

둘이 좋게 말하며 웃는다.

그러나 이면에는 서로에게 질 수 없다는 분위기를 풀풀 풍기고 있었다.

"스카이 포레스트 목장이 빠르게 준공되었으면 합니

다. 문제없이 건설을 빠르게 하는 업체에 더욱 많은 일거리를 맡길 생각입니다."

차준후가 두 업체의 경쟁을 부추겼다.

경쟁하고 싶다는데 시켜 줘야지.

자본주의 시장 경제에서 회사는 경쟁하면서 비약할 만한 발전을 이루는 거다.

공정한 경쟁을 통해 승리하는 기업은 살아남고, 패배하는 허약한 기업은 도태된다.

* * *

"아주 탁월한 선택을 하셨습니다. 론도건설의 힘을 보여드리죠."

들뜬 표정의 진인모가 회심의 미소를 지었다.

백호벽돌의 편을 들어 주지 않고 잘하는 업체에 더 많은 힘을 실어 주겠다는 이야기를 반겼다.

"……좋은 의견입니다."

송영중이 다소 안타까운 표정을 지었다.

객관적으로 볼 때 론도건설에 비해 백호벽돌이 모자란 부분이 많았기에.

"시장에 적극적으로 적응하고, 경쟁력을 갖추도록 하세요. 그래야 기업을 성장시켜 나갈 수 있습니다."

차준후가 겸사겸사 함께하는 기업들의 성장을 적극적으로 유도하고 있었다.

최빈국 대한민국을 발전시키기 위해서는 홀로 잘한다고 해서 의미가 크지 않기 때문이었다.

대한민국에는 잘나갈 수 있는 많은 기업과 인재들이 필요했다.

"차준후 사장님, 잠깐만 여기로 와 주셨으면 합니다. 소개해 드리고 싶은 분이 있습니다."

홍종오가 차준후를 불렀다.

홍종호 주변에 정치인들과 관료들을 비롯한 사람들이 몰려 있었다.

여기저기서 차준후를 찾는 사람들이 많았다.

누가 뭐라고 해도 이번 낙농 사업의 주인공이 바로 차준후였으니까.

"잠시 자리를 비워야 할 것 같습니다."

양해를 구한 차준후가 홍종오에게 다가갔다.

그런 모습을 대화하고 있던 세 사람이 물끄러미 바라보았다.

어색하고 불편한 자리였다.

서로를 바라보면서 적극적으로 대화를 이어 나가지 못하고 겉돌았다.

"저도 다른 분들과 사업적으로 이야기할 내용이 있어

서 가 봐야겠습니다. 한시라도 빨리 목장을 건설할 수 있도록 조치를 취하려고 합니다. 중장비를 얼마나 동원할 수 있는지 알아봐야겠네요."

진인모가 자부심을 드러냈다.

이때 당시만 해도 중장비가 있기는 했지만 많지는 않았다.

희귀하면서 값비싼 자산이었다.

포클레인과 불도저, 트랙터 등 중장비를 모두 열한 대 가지고 있는 론도건설이었다.

그에 반해 백호벽돌은 중장비를 단 1대도 소유하고 있지 못했다.

"……저희도 알아봐야겠습니다. 소유하고 있지는 못해도 빌릴 수는 있으니까요."

송영중이 끝까지 강하게 버텼다.

그러나 진인모에게 밀렸다는 생각을 떨칠 수가 없었다.

"좋은 의견 감사합니다. 저도 연락을 돌려 봐야겠네요."

진인모가 곧바로 자리를 떴다.

"삼촌, 현장 인부 숙소를 짓죠."

"응? 거리가 멀지 않아서 출퇴근해도 충분하잖아."

송대건이 사서 고생할 필요가 있겠냐며 송영중을 말렸다.

"이건 백호벽돌과 론도건설의 전쟁입니다. 오가는 시간도 아껴서 작업에 투입해야 합니다. 솔직히 우리가 론도건설에 비해 장점이 뭐가 있나요? 중장비가 많아요? 아니면 저쪽 기술자와 근로자들에 비해 전문적인가요?"

"너무 사실만으로 때리는 거 아니냐. 아프다."

수십 년의 세월 동안 백호벽돌을 키워 왔지만 한계가 명확하다.

송영중의 말이 비수처럼 꽂혔다.

"우리가 내세울 수 있는 건 성실함과 열정입니다. 건설 일거리가 없어서 손가락만 쪽쪽 빠는 것보다 숙소에서 먹고 자는 게 옳아요. 돈만 가져다주면 집에서는 외박을 해도 좋아할 겁니다."

백호벽돌의 사람들은 중장비를 구매하지 못하고, 집에 돈이 없고, 생활비가 모자라고, 교육비도 없고, 아픈 애를 병원으로 데려가지 못하는 등 저마다 아픈 사연들을 하나둘씩 가지고 있었다.

"음! 집에서 반기는 사람들도 있어. 그리고 집에 돌아가야 하는 사람들도 있으니까, 강요하는 건 무리가 있다고 봐."

송대건이 반대했다.

여우 같은 부인과 토끼처럼 귀여운 자식들이 가장의 귀가를 기다리고 있었다.

"삼촌! 가고 싶으면 가세요. 저는 여기에 남아서 숙소를 짓고 생활하겠습니다. 원하는 일꾼들만 데리고 일하면 그만입니다."

송영중이 고집을 꺾지 않았다.

무리한 부분이 있다는 건 그도 알았다.

하지만 눈부신 속도로 성장하고 있는 스카이 포레스트 사업에 한 발 걸치고 싶었다.

"왜 이렇게까지 하려는 거냐?"

"이번 기회를 잡지 못하면 두고두고 후회할 것만 같으니까요. 과감하게 승부를 걸어야만 한다는 판단을 내렸어요. 황새를 따라가다 보면 뱁새라도 되지 않을까 싶네요."

"가랑이가 찢어질 수도 있어."

"찢어져 보기라도 했으면 소원이 없겠네요. 지금껏 이런 기회를 받지조차 못했으니까요."

송영중은 건설 분야에 있어 훤했고, 중장비와 기계 설비에 대한 기술도 싱덩했다.

닥치는 대로 일을 하고 있었지만 관공서나 커다란 규모의 공사를 따내지는 못했다.

"고단한 길이 될 수도 있어. 그래도 해 보고 싶냐?"

송대건이 송영중을 똑바로 바라보며 물었다.

조카와 달리 큰 욕심이 없었다.

사업을 더 키우지 않아도 먹고 살기에 지장이 없었고,

재산은 꾸준하게 늘어 갔다.
"네."
"좋다. 이왕에 할 거면 제대로 해 보자."
대답을 들은 송대건이 허락했다.

단순하고 소박해서 현재 상태를 유지하는 데 급급한 자신과 달리 송영중은 진취적으로 도전하려고 했다.

윗사람인 삼촌이 되어서 조카의 앞길을 막아서야 되겠는가!

"삼촌!"
"회사의 자산과 집안 재산까지 투자해서 중장비를 몇 대 사들이자."
"정말이요?"
"남자가 칼을 뽑았으면 무라도 썰어야지."
"고맙습니다. 제 억지를 받아들여 주셔서."
"괜찮은 기업에 취직할 수 있었는데도 불구하고 어려운 삼촌을 돕겠다고 옆에 있어 준 걸 알고 있다. 백호벽돌이 지금의 위치에 서 있을 수 있는 건, 네 역할이 크다."

송대건은 문학가나 과학자가 되고 싶은 적은 있어도 사업가를 원하지는 않았다.

그렇지만 갑작스럽게 아버지가 돌아가시면서 어쩔 수 없이 백호벽돌을 이어받아야 했다.

갑작스러운 사장의 부재로 백호벽돌은 위기에 처했고,

한때 회사를 포기할지 아니면 계속 운영해야 할지 심각한 상황에 빠지기도 했다.

그 당시에 입사한 송영중은 송대건에게 커다란 힘이 됐다.

"무슨 말도 안 되는 소리예요. 삼촌이 회사를 잘 경영하신 거잖아요."

"아니다. 앞으로 백호벽돌의 성공은 네가 어떻게 하느냐에 달려 있다고 본다. 무엇을 해야 하는지 먼저 알아보는 건 사업가로서 무척 중요하다."

"……삼촌."

"오늘부로 너를 부사장으로 임명한다."

송대건이 송영중을 현장소장에서 단숨에 부사장으로 승진시켰다.

가족기업이었기에 가능한 일이다.

그저 현상에만 만족하고 있는 자신과 달리 사업가로서의 사실과 도전 의식을 갖추고 있는 송영중을 강하게 지지해 줬다.

* * *

이튿날부터, 영장산 공사 현장에서 두 회사의 격렬한 경쟁이 시작됐다.

"거기 서 있지 마. 비켜. 불도저 지나가야 하잖아."
"빨리빨리 움직여."

론도건설에서 나온 불도저와 포클레인 등 중장비들이 검은 매연을 뿜어내며 바쁘게 움직였다.

중장비들이 움직일 때마다 땅이 뒤집히고, 커다란 돌덩어리들이 뽑혀 나갔다.

"잘하고 있군."

진인모가 작업 현장을 지켜보면서 흐뭇한 표정을 지었다.

송영중이 바쁘게 돌아다니면서 작업 지시를 내리고 있었다.

삼백여 명에 달하는 작업 인부들이 땅에 말뚝을 박아 댔다.

목장의 울타리 작업은 중장비들이 아니라 작업 인부들의 손길이 필요한 일이었다.

쾅! 쾅!

망치로 말뚝을 내리치는 소리가 요란하게 울렸다.

"아저씨! 정해진 위치에 정확하게 말뚝을 박으라고 했잖아요."

"말뚝이 잘 들어가지 않아서 조금 옆으로 옮겼습니다."

"임의대로 말뚝 위치를 변경하지 마세요. 다시 한번 이러면 현장에서 제외시키겠습니다."

송영중이 경고를 날렸다.

단순한 엄포가 아니었다.

"에이! 크게 바꾼 것도 아니고 약간 옮겼을 뿐인데 너무 깐깐하게 일하지 맙시다."

작업 인부가 능글맞게 대답했다.

"일급 정산해 줄 테니까, 현장에서 빠지세요."

송영중이 단호하게 말했다.

"네?"

"그만 돌아가시라고요."

"죄송합니다. 시키는 대로 따를게요."

돌아가는 분위기가 심상치 않다는 걸 깨달은 작업 인부가 고개를 숙였다.

일당을 풍족하게 주는 작업 현장이었다.

다른 공사장에서는 이런 일당을 찾아볼 수조차 없었다.

"이 사람 내보내세요."

송영중이 작업 인부를 내쫓았다.

분위기를 흐트러뜨리는 인부와는 함께 일하고 싶지 않았다.

무조건 론도건설보다 잘해야 한다.

여기서 성과를 낼 수 있다면 더욱 많은 건설 수주를 할 수 있고, 백호벽돌은 위를 바라보며 성장할 수 있게 된다.

그렇기에 이런 사실을 현장에 온 노동자들에게 단단히 주지시켰다.

"지금 우리는 전쟁터에 선 거나 마찬가지입니다. 정신을 바짝 차리고 열정적으로 일합시다."

"론도건설 놈들한테 밀리면 죽는다는 각오로 임해야 한다."

"무조건 이길 테니, 걱정 마시오."

"실력으로 박살을 내 버리자."

"우리가 이깁니다."

삼백여 명의 작업 인부들이 한마음으로 땀을 뻘뻘 흘려 가면서 미친 듯이 일했다.

좋은 대우를 해 주고 있는 백호벽돌이 성장하는 건 그들에게도 좋은 이야기였다.

기계가 아닌 사람의 손으로 해야만 하는 작업이 상당했다.

그렇기에 경쟁이 엇비슷하게 되어 갔고, 론도건설과 백호벽돌의 작업 경쟁은 거의 전쟁을 방불케 했다. 전투적으로 임하면서 목장 건설 속도에 탄력이 붙었다.

덴마크 기술자들이 잘 모르는 대한민국 일꾼들을 지도해 가면서 건물들을 건축하고, 시설 장비들을 설치하고 있었다.

"열심히 일하고 있어서 보기 좋네요. 식사는 어떻게 하고 있나요?"

"신경 써서 잘 먹이고 있습니다. 주변의 아낙네들에게 식사를 부탁하고 있습니다."

"저희도 마찬가지입니다."

현장에 나타난 차준후 앞에서 진인모와 송영중이 이야기하고 있었다.

"알고 계실지 모르겠지만 스카이 포레스트는 직원들의 식사를 모두 책임지고 있습니다. 공사 현장에 대한 식사와 간식거리를 모두 스카이 포레스트에서 제공하겠습니다. 고기를 먹어야 힘을 쓰죠."

차준후의 눈에 비친 작업 인부들의 식사는 충분하지 않아 보였다.

고되게 일하고 있는 작업 인부들은 쌀밥과 김치, 저렴한 나물반찬 서너 가지만으로 점심 식사를 때우고 있었다.

그게 불만인 차준후가 곧바로 시정조치를 내렸다.

"우와아아아! 감사합니다, 사장님."

"월급보다 먹는 게 더욱 훌륭하다는 이야기가 허언이 아니었네요."

작업 인부들이 환호했다.

월급을 떠나서 먹는 것만으로도 스카이 포레스트는 꿈의 직장이었다.

못 먹어서 삐쩍 마른 사람이 스카이 포레스트에 취직하고 잘 먹어서 뚱뚱해졌다는 우스갯소리가 흘러 다닐 정도였다.

맛있는 걸 배불리 먹기 위해 스카이 포레스트에 다닌다는 직원도 있었다.

"숙소를 만들었네요?"

"조금이라도 더 작업 현장에 집중하기 위해 만들었습니다."

"인부들도 동의한 거겠죠?"

"물론입니다."

송영중이 고개를 끄덕였다.

애당초 동의하는 작업 인부들만 현장에 동원했기에 문제 될 부분이 없었다.

강제가 아니었다.

밤낮없이 열심히 일하면서 시키는 대로 할 사람만 뽑아서 쓴다.

"잘하셨습니다."

공사 속도를 낼 수 있도록 조치한 송영중을 차준후가 칭찬했다.

가지고 있는 것에서 경쟁력을 갖출 수 있도록 노력하는 모습이 보기 좋았다.

'젠장!'

진인모가 인상을 살짝 찌푸렸다.

중장비를 동원해서 충분히 백호벽돌을 찍어누를 수 있을 줄 알았는데.

오히려 칭찬을 받는 건 론도건설이 아닌 백호벽돌이었다.

초상화

"연장 근로에 대한 보수는 확실하게 지급하고 있겠지요?"

차준후가 물었다.

빠른 완공을 위해 새벽부터 밤늦게까지 작업 현장이 바쁘게 돌아갈 계획이었다.

노동량에 따라 합당한 보수를 지불해야 한다.

1960년 대한민국 공사판에서는 제대로 지켜지고 있지 않았지만.

작업 인부들은 더 많은 일을 하고도 처음 정한 보수만 받았다. 그러고도 돈을 지불해 줘서 고마워하는 분위기였다.

자신의 공사 현장에서 그런 꼴을 두고 볼 생각이 없었다.

"물론입니다. 추가로 50% 더 지불하고 있습니다."

"하루 일과를 마치면 당일에 보수를 꼬박꼬박 현금으로 줍니다."

"아주 좋습니다."

차준후는 근로자가 일한 만큼 제대로 받아 가는 문화를 만들고 있었다.

건설업계는 사실 온갖 비리가 난무하는 곳이다.

그간 잘못돼 온 관행을 바로잡는다는 점에서 적극적으로 개입했다.

주먹구구식이던 공사판 임금의 제도화와 규범화!

그 과정에서 의식 수준이 낮았던 작업 인부들을 산업인력으로 거듭나게 만들기 위해 노력했다.

이상과 같은 보수지급방식은 작업 인부들의 비상한 관심과 격렬한 호응을 이끌어 냈다.

다른 공사 현장에서 일하는 것보다 2~3배 많은 일당을 받고 있기 때문에 쫓겨나지 않기 위해 노력했다.

차준후가 작업 인부들의 근로 의식을 고취시켜 거대한 응집력과 구심점을 갖게 만들었다.

생각지도 못한 풍부한 보수를 받으면서 작업 인부들이 최고의 건설 속도로 보답했다.

"이제는 다들 아시겠죠? 일한 만큼 풍족하게 가져갈 수 있는 겁니다."

"미친 듯이 일하겠습니다."
"노가다 일꾼들을 배려해 주셔서 정말 고맙습니다."
차준후는 바쁘게 돌아다니면서 동시다발적으로 펼쳐지고 있는 공사와 사업들을 하나의 울타리 안에서 조율하고 어우러지도록 만들어 갔다.

* * *

SF 목장은 천혜의 자연환경과 값싸고 근면한 노동력이 만나 일구어졌다.
덴마크 기술자들의 지시 아래에서 펼치는 건축은 보통 까다로운 일이 아니었다.
"제대로 배워. 피가 되고, 살이 되는 기술들이야."
"이야! 이렇게도 만들 수 있는 거구나. 신기하네."
목장에 들어서는 시설들을 갖춘 건축물은 결코 단순하지 않았다.
백호벽돌과 론도건설은 덴마크의 최신 건축기술을 빠른 속도로 배워 나갔다.
일반적인 건축물들과 함께 목장에서 배출되는 오폐수를 처리하기 위한 유럽의 첨단시설들도 들어섰다.
"혼자 모든 일을 해결하려고 하니, 바쁘다."
차준후는 매일 공사 현장들을 방문하면서 이리저리 바

쁘게 돌아다녀야 했다.

경험 짧은 초보 사장이 목장과 신규 공장들을 설립하는 일은 쉽지 않았다.

많은 우여곡절 과정 속에서 많은 인력이 동원된 사업이 하나하나 차곡차곡 진행됐다.

빠른 건설 속도 때문에 중간중간 다치는 노동자들이 나오기는 했지만, 다행스럽게 죽는 사고가 일어나지는 않았다.

"가볍게 다치는 것까지는 용납하겠습니다. 그러나 작업자가 사망하는 일이 발생하면 그 업체는 건설 현장에서 빠질 수도 있다는 걸 염두에 두셔야만 할 겁니다."

차준후가 업체들을 불러서 경고했다.

목장, 유리 공장, 우유 공장 등 이번 공사 현장들에서 사망자가 나오지는 않았다.

하지만 국내 다른 현장들에서는 심심찮게 작업자의 숨시는 안타까운 사고가 일어났다.

작업자들의 부주의도 있겠지만 안전한 작업환경을 만들지 못한 업체의 책임도 만만치 않았다.

사람의 목숨보다 빠른 건설 속도를 더욱 중요시하는 건설사 분위기도 있었다.

"스카이 포레스트의 공사 현장에서 절대로 빠지면 안 된다."

"작업자들이 다치지 않게 신경을 써. 안전모를 쓰게 하고, 신발도 고무신을 절대 신지 못하게 해. 작업자들에게 튼튼한 안전화를 지급하라고."

차준후의 일갈 덕분에 사업에 참여한 건설업체들이 작업자들의 안전에 보다 세심하게 신경을 쓰게 됐다.

"작업복과 안전화 그리고 안전모를 받아서 좋은데, 이게 뭔 일이냐? 이런 걸 생전 주지도 않던 론도건설이잖아."

"차준후 사장이 지시한 일이라고 했어. 그런 말을 생전 하지도 않던 현장소장이 크게 다치거나 죽으면 안 된다고 신신당부하는데, 조금 웃겼다."

"나도 그랬어. 현장소장이 저러는 이유가 뭔데?"

"작업 현장에서 근로자가 사망하면 그 업체를 사업에서 빼 버린다고 하더라."

"이야! 높은 곳에 있는 분께서 밑바닥에서 살아가는 우리들까지 챙겨 주는구나."

"그는 참으로 인성이 훌륭한 사람이야."

작업자들이 차준후로 인해 파생된 변화를 크게 반겼다.

공사 현장에서 작업자들을 배려하는 문화가 생겨났다.

작업자들이 좋아진 환경 속에서 신바람을 내면서 일을 해나갔다.

시골의 낙후된 야탑동과 영장산 일대가 빠른 속도로 바뀌어 나갔다.

도로가 만들어졌고, 상하수도가 설치됐다.

기간시설이 깔리면서 점차 도시화된 모습을 서서히 드러냈다.

원래는 5개월의 시간에 걸쳐 목장과 공장 등이 건설될 예정이었다.

그러나 한국인 특유의 근면성과 경쟁심, 풍족한 임금 등이 작용하면서 공사속도를 눈부시게 끌어올렸다.

"이건 말도 안 되는 놀라운 건설 속도야! 미쳤어."

"덴마크에서는 볼 수 없는 기적의 공사 현장이다."

"한국인들은 밤에도 일을 하고 있어. 미친 거 아니야? 이건 학대나 마찬가지인데, 작업자들이 웃으면서 일하고 있어."

5개월을 예상했던 건설 공기가 절반에도 못 미쳐서 끝날 것만 같았기에, 덴마크 기술자들이 눈앞에서 벌어지고 있는 공사 현장에 입을 떡 벌렸다.

이런 현상이 낙농 사업과 관련된 모든 부분에서 벌어졌다.

가난한 대한민국과 한국인들은 발전할 수 있는 기회에 크게 목말라 있었다.

차준후가 덴마크에서 들여온 낙농 사업은 스스로 일어

설 방법이 없어 잠들어 있던 대한민국을 서서히 깨워 나갔다.

차준후의 행보들이 대한민국 변화의 마중물로 작용하고 있었다.

* * *

스카이 포레스트 공장에 상당히 많은 변화가 생겨났다.

연구소가 만들어졌고, 연구소에 연구 · 실험장비들이 들어섰고, 새롭게 만들어진 제작실에도 론도그룹에서 받은 최신시설들이 들어섰다.

50평의 제작실은 기존에 비해 크게 넓어졌다.

천장 높이는 4미터에 이르렀고, 외벽에는 환기, 정화시설이 달려 있다.

7미터 간격으로 서 있는 거대한 탱크들이 빛나고 있었고, 탱크들을 연결해 놓은 배관들이 공간을 가로지르고 있었다.

받침대가 놓인 기다란 이동식 선반과 컨베이어 벨트 등이 눈에 확 들어왔다.

"내부 환경이 깔끔하고 괜찮아졌네요. 설비도 나쁘지 않고요."

차준후가 제작실을 둘러보았다.

옆에서 최우덕이 따라다니면서 그동안의 일을 이야기하고 있었다.

"최신 시설이 정말 좋습니다. 반자동화가 되어 있기에 기존 생산품들 생산량이 두 배 이상으로 늘어났습니다."

"자동화 장비가 생산 효율을 높이는 겁니다. 지금은 반자동화라 두 배 정도이지, 자동화 비율을 높이면 열 배 이상으로 생산량을 늘리는 것도 가능합니다."

미래에는 생산 현장에 기계가 많이 늘어나고, 사람들의 불필요한 손길이 줄어들게 된다.

"상상만 해도 놀랍습니다."

최우덕이 차준후의 말에 놀랐다.

"24시간 온전히 공장이 돌아간다고 상상해 보세요. 얼마나 생산량을 늘릴 수 있겠습니까?"

차준후가 물었다.

"사장님 말씀처럼 열 배 이상은 거뜬히 생산할 수 있겠네요."

"자동화 설비들을 꾸준하게 추가할 계획입니다. 사람을 갈아 가면서 공장을 운영하고 싶지는 않으니까요."

"사장님은 정말 직원들을 많이 생각하시네요."

최우덕이 감탄 어린 눈빛으로 차준후를 바라보았다.

자동화는 시대의 흐름이었다.

자동화를 게을리하면 기업들의 경쟁에서 도태하게 된다.

그런데 왜 자꾸 착해지는 느낌이지?

기업 경쟁에서 살아남기 위한 방향일 뿐인데.

"원재료 수급은 어떤가요?"

"여전히 곤란합니다. 화장품을 충분히 만들어 내기 어렵습니다."

"음, 쉽지 않네요."

원재료 수급은 차준후로서도 마땅한 해결 방안은 없었다.

화장품이 사치품으로 분류되어 있었기 때문이다.

정부에서는 소중한 외화를 화장품 원재료 수급에 아주 적게 할당하고 있었다.

"아쉽습니다. 원재료만 충분히 구매할 수 있다면 생산을 폭발적으로 늘릴 수 있을 텐데요."

"정부 정책에 맞춰서 움직여야겠죠. 그래서 제가 해외로 나갔다가 온 것이고요."

"방법이 있습니까?"

"신제품은 젖소에서 나오는 원유를 중심으로 해서 만들 겁니다."

"원유? 우유를 말씀하시는 겁니까?"

"맞습니다. 노화 방지 효능을 지닌 기능성 화장품을 만들려고 합니다."

"……우유로 만든 기능성 화장품이라니, 정말 생각지도 못했습니다."

잠시 말문이 막혔던 최우덕이다.

생각지도 못한 화장품을 꺼내는 차준후에게 매번 놀라고 있었다.

그런데 그 놀람이 결코 싫지 않았다.

기뻤다.

"벌써 신제품 연구를 끝마치신 겁니까?"

최우덕이 깜짝 놀라며 물었다.

물으면서도 이미 대답을 알고 있는 눈치였다.

"네."

머릿속에 들어 있는 지식을 밖으로 끄집어내기만 하면 되는 일이다.

"역시 대단하십니다."

잔뜩 들뜬 표정의 최우덕이다.

노화 방지!

기능성 화장품!

처음 들어 보는 단어가 무척이나 가슴을 설레게 만들었다.

듣기만 해도 특별한 화장품이라는 사실을 알 수 있었다.

"SF-NO.1 스카이 포레스트에서 최초로 만드는 제대로 된 화장품이라는 의미입니다."

과도한 칭찬에 차준후가 말머리를 슬쩍 돌렸다.

사실 처음부터 온전하게 연구한 뒤에 개발해 냈다면 칭찬을 받고도 남을 대단한 일이었다.

1960년대에 노화 방지 기능성 화장품이라니!

대단히 혁신적인 발명이었으나, 연구자로서 양심에 찔렸다.

미래의 지식을 꺼내와 활용한다는 부분에 있어서 약간 민망한 구석이 있었다.

"이름이 좋은데, 참 특이합니다. 왜 이렇게 지으신 겁니까?"

입안에서 SF-NO.1을 중얼거리는 최우덕이다.

처음에는 약간 어색했는데, 몇 번 반복하다 보니 이내 익숙해졌다.

"국내가 아닌 세계를 노리는 화장품 이름입니다."

차준후가 웃으며 말했다.

이제야 제대로 된 화장품을 처음으로 출시할 수 있는 기반이 만들어졌다.

"세계라면? 수출을 염두에 두고 계신 겁니까?"

최우덕이 놀라서 물었다.

수출의 장벽은 무척이나 드높았고, 지금껏 화장품을 수출한 기록은 없었다.

그런데 그 장벽을 뛰어넘겠다고?

차준후가 대단한 실력을 가지고 있는 건 인정하고 있었

지만, 수출은 또 다른 영역이었다.

괜히 걱정스러웠다.

"물론입니다. 앞으로 스카이 포레스트는 강력한 수출 정책을 추진할 겁니다."

차준후가 자신감을 드러냈다.

우려하는 최우덕과 달리 딱히 수출을 걱정하지 않았다.

제대로 된 세계 최초의 물건을 만들 테니까.

* * *

화장품 제작 기술과 시설, 제품 등 전체적인 분야에서 스카이 포레스트는 비약적인 발전을 거듭하고 있었다.

하지만 화장품의 품질에 큰 영향을 미치는 부자재의 생산은 그렇지 못했다.

꼼꼼히 세척하고 있지만, 플라스틱 용기에 이물질이 남아 있어, 내용물의 침전이나 변질을 일으키는 일이 종종 발생했다.

수작업으로 이뤄지는 일이었기에 어쩔 수 없는 일이었다.

부착한 인쇄물이 쉽게 떨어져서 제품의 품위를 손상시키기도 했다.

"고급스런 유리 용기가 필요해."

차준후가 빵집에서 전영식을 만나 SF-NO.1 용기에

대해서 이야기했다.

"좋은 이야기네요."

뜬금없이 이야기하는 전영식이다.

사실 이런 순간이 오기를 간절히 기다려 왔다.

* * *

덴마크 국립박물관에서처럼 차준후의 이야기를 듣자마자 마음속에 파문이 일어났다.

예술혼이 타올랐다.

어떤 디자인으로 창조할지 머릿속에 무수히 많은 생각들이 튀어나왔다가 사라지기를 반복했다.

그 사념의 실체를 세상에 내보일 수 있는 순간이 오기를 갈망했었다.

"생각하신 디자인이 있을까요?"

"고려해 줬으면 하는 화장품 용기들이 있기는 한데 이번에는 전적으로 수석 디자이너에게 맡길게."

차준후는 멋진 화장품 용기들이 머릿속에 떠올랐지만, 전영식만의 창작품을 보고 싶었다.

자유롭게!

괜히 제한을 둬서 전영식의 예술적인 혼을 구속하고 싶지 않았다.

"언제까지 준비하면 될까요?"

"시간적 여유가 조금은 있으니까, 급하게 할 필요는 없겠지. 여유롭게 진행해 봐."

"내일 오실 수 있을까요? 생각해 뒀던 게 있어서요."

곧바로 만들어 내겠다는 전영식의 말에 깜짝 놀랐다.

'하늘이 내린 재능!

차준후가 몽롱한 표정의 전영식을 바라보면서 새삼 감탄했다.

"기대하고 있을게."

"……."

전영식이 자신만의 세계에 무섭게 빠져들어 있었다.

저 세계에서 어떤 열매가 맺혀져 나올까?

대부분의 예술가들이 평범한 열매를 만들어 내고, 소수의 예술가들만이 뛰어난 열매를 세상에 내보인다.

지금의 차준후는 방해하지 않고 기다려야 한다는 사실을 알고 있었다.

그래서 직원들에게 가져다줄 빵들을 바리바리 잔뜩 구매해서 계산하고 밖으로 나갔다.

홀로 남은 전영식이 깊은 사념에 빠져들었다.

얼마나 시간이 지났을까.

슥!

전영식이 연필을 집어 들었다.

청자 매병을 기초로 한 용기 위에 유럽 여행을 통해 보고 느꼈던 감각들이 입혀지기 시작했다. 언제나 그렸던 한국적인 분위기 그림에 고혹적인 서양미가 녹아들어 갔다.

매혹적인 여성이라고 할까?

스케치북에 그려지고 있는 유리 용기에서 가녀린 여인의 향기가 풍겼다.

바람에 흩날리고 있는 머리카락과 옷자락의 모습이 언뜻 보이는 듯도 했다.

보는 이의 시선을 단숨에 사로잡을 수 있는 매력적인 디자인이었다.

스윽! 슥!

연신 손을 움직이고 있는 전영식의 입가에 진한 미소가 피어났다. 차준후에게 도움이 될 수 있는 지금 작업이 너무나도 즐거웠다.

차준후와 함께하는 시간이 기뻤고, 차준후의 부탁으로 일하는 것이 좋았다.

예술을 즐겨라!

귀가 닳도록 들었던 말을 이제야 이해할 수 있었다.

먹는 것도 힘들고, 일하며 배우는 것도 힘들고, 다 쓰러져 가는 집에서 가족들과 함께 살아가는 모든 것이 힘들었다.

 그러나 힘들었던 모든 것들은 차준후의 등장과 함께 사라졌다.

 암울하고 괴로웠던 시간을 극복하고 즐거움을 경험하는 지금 삶의 모든 것이 아름다웠다.

 머릿속에 피어났던 수많은 산업 디자인 가운데 하나를 밖으로 끄집어내면서 마음이 편안해졌다.

 현실에서 표현할 수 있다는 것이 예술가에 있어서는 축복이었다.

 "응?"

 택시를 타려고 이동하던 차준후가 고개를 돌려 유리창 너머의 전영식을 바라봤다.

 조심스럽게 걸어가서 물끄러미 스케치북을 살폈다.

 전영식의 내면에 있던 예술혼이 가시적인 형태로 모습을 드러내고 있었다.

 바라보고 있자니 고급스러우면서 아름다운 형태에 빠져들고 말았다.

 언뜻 이야기했던 청자 매병을 기초로 해서 한국의 아름다움을 따뜻하게 선보이면서도, 서양의 매혹적인 분위기와 르네상스 양식 등이 복합적으로 녹아 있었다.

 '훌륭한 걸작이다.'

 차준후가 시선을 떼지 못했다.

생각했던 것보다 월등히 뛰어난 작품이었다.

'내가 너무 옆에 두면서 무리한 요구를 하고 있는 것은 아닐까? 산업 디자인이 아니라 전문적으로 미술만 공부를 시켜야 할까?'

순간적으로 천재적 재능의 전영식에게 실수를 하고 있는 것이 아닌지 걱정됐다.

개인적 욕심으로 제품 디자인을 맡길수록 그림에서 멀어져 갈 수도 있지 않은가.

예술과 그림에만 전념시키면 얼마나 놀라운 작품들을 만들어 낼까.

SF-NO.1 용기를 순식간에 만들어 낸 전영식이다.

스케치북을 한 장 넘겼다.

다시금 그의 손에서 연필이 빠른 속도로 움직이기 시작했다.

'초상화네.'

새하얀 여백의 스케치북 위에 전영식의 내면에 가장 크게 자리 잡은 차준후 그림이 그려졌다.

'헉! 내 얼굴이잖아.'

차준후가 깜짝 놀랐다.

전영식은 연필이 그려 나가는 선 하나하나에 혼을 담았다.

정신은 명료한데 오로지 그리고 있는 초상화에만 온전히 집중했다.

처음으로 겪어 보는 신기한 세상이었다.

그런 세상에서 기술적 영역을 뛰어넘어 마음을 녹이고 있었다.

'사장님을 그리고 싶었어.'

언젠가 꼭 차준후에게 초상화를 그려서 보답하고 싶었다.

구체적으로 어떻게 그릴지, 또 잘 그릴 수 있을지 자신이 없었다.

그런데 화장품 용기를 완성한 지금은 초상화를 그릴 수 있을 거란 확신이 들었다.

겨울의 추운 바람을 뚫고 자라난 봄날 새싹과 같은 맑고 좋으면서 깨끗한 분위기를 은은하게 담고 있었다.

전영식의 눈에 보이는 차준후는 맑고 깨끗하며 좋은 심성의 사람이었다. 마음 깊은 곳에서 솟아난 존경심을 스케치북 위에 실렸다.

'사장님께 자신 있게 드릴 수 있는 초상화가 완성되고 있어.'

직접 그리면서도 차준후에 대한 경외심을 듬뿍 담은 초상화라는 걸 알 수 있었다.

연필이 긋는 선 하나하나는 모두 차준후에 대한 전영식의 존경심이었다.

선이 끊어지지 않고 도도하게 이어지며 초상화를 점점 완성시켜 나갔다.

재능을 가지지 못한 예술가는 결코 접해 보지 못하는 영역이다.

전영식이 천재라는 걸 단편적으로 보여 주는 증거였다.

스케치북 위에서 쉬지 않고 움직이던 연필이 마침내 멈췄다.

초상화가 살아 있는 것처럼 생생하게 완성됐다.

그런데 초상화는 연필로 끝이 아니었다.

전영식이 손에 흑연을 들어 올렸다.

검은 빛깔로 번들거리는 흑연의 흔적들이 연필 초상화 위에 입체적인 형상을 만들어갔다.

'감정을 그림에 담았다. 저 초상화는 내가 미래에 보았던 흑백의 드로잉 작품에 비해서 결코 부족하지 않아.'

차준후는 쓸쓸하게 요절했던 전영식의 미래가 이제 사라졌다는 걸 알아차렸다.

어둡고 암울했던 작품이 아닌 밝은 희망을 이야기하고 있는 작품!

예술가 전영식이 새로운 세계관을 만들어가고 있었다.

대한민국 미술사에 발자취를 남길 수 있는 대단한 작품의 탄생을 실시간으로 지켜보고 있었다.

'천재는 걱정하지 않아도 알아서 잘 성장해 나가는구나.'

무섭게 집중하고 있는 전영식의 미래는 밝았다.

솜이 물을 빨아들이는 것처럼 빠르게 성장하고 있었다.

'음! 미리 잡아 놓은 약속만 없으면 계속해서 지켜보고 싶은데, 아쉽구나.'

손목시계를 힐끔 살핀 차준후가 떨어지지 않는 발걸음을 떼어 놓아야만 했다.

"택시!"

곧바로 택시가 멈춰 섰다.

* * *

끼익!

택시가 멈추고 차준후가 내렸다.

"음! 너무 낙후되어 있구나."

새한초자 공장에 도착한 차준후는 놀라움을 금치 못했다.

새한초자는 1942년 설립되어 유리병을 전문직으로 제조 및 판매하는 회사였다.

낡은 양철지붕을 이고 있는 허술한 공장!

말이 공장이지 금방이라도 쓰러질 것처럼 허름했다.

"어디서 오셨습니까?"

"스카이 포레스트에서 왔습니다."

"연락받았습니다. 들어가시죠. 사장님께서 약속 시간

에 맞춰서 돌아오시겠다고 하셨습니다."

"감사합니다."

차준후가 경비를 지나쳐 공장 안으로 들어섰다.

"비켜! 유리물 부을 때 조심하라고 했잖아."

"어깨너머로 보고 배워. 다음에도 지금처럼 못하면 혼날 줄 알아라."

"지금 만든 건 버려. 쓸모없어."

후끈한 열기가 느껴지는 건물 안에서 사람들이 바쁘게 움직이고 있었다.

한눈에 봐도 공장은 원활하게 돌아가지 않았다.

이러니 어음을 마구 남발하는 새한초자 공장의 부도 소문이 도는 것이다.

화장품 용기는 일반적으로 특수 유리의 일종인 초자로 만들기 때문에 맥주병이나 소주병 등 일반 유리 제품보다는 한결 섬세하고 특수한 기술이 요구됐다.

새롭게 창업한 유리 공장에는 전문적인 기술을 가지고 있는 근로자들이 대거 필요했다.

모든 게 그렇지만, 기술자도 부족한 시기였다.

가지고 있는 기술을 제대로 알려 주지 않는 도제 문화였고, 기술 전수라는 이유로 푼돈을 주면서 부려 먹었다.

한 명의 온전한 기술자로 올라서기 위해서는 밑바닥에서부터 심부름해 가며 어려운 시기를 거쳐야만 했다.

기술자로 인정받지 않으면 돈 벌기 힘들다.

기술 체득과 함께 차차 좋아지겠지만 처음부터는 아니다.

기술을 배우다가 힘들어서 중도 포기하는 사람들이 부지기수였다.

어렵고 힘들었기에 열 명을 가르치면 중간에 절반 넘게 포기하고 도망간다.

유리 기술도 마찬가지였다.

차준후는 경기도에 있는 새한초자의 일부 생산설비와 근로자들을 인수하여 신생 유리 공장의 부족한 문제를 단숨에 해결하려고 했다.

"낡고 원시적이야."

새한초자 사장실로 천천히 이동하면서 공장 내부를 살펴봤다.

"자동화된 시설이 하나도 없어. 하나부터 열까지 모두 수동이네."

새한초자 공장은 일제강점기 시절의 낡은 장비들을 가지고 지금껏 활용하고 있었다.

"음! 근로자들이 젊네. 나이 든 사람이 보이지 않아."

특이하게도 일하는 사람들은 기구를 불어 유리 형태를 잡는 청년들과 곁에서 일을 거드는 어린 소년들, 심부름하는 아이들이 전부였다.

그들은 대부분 전쟁고아나 어린 나이에 가족들의 생계를 떠맡은 아이들이었다.

아이들은 심각한 기아를 겪고 있는지 삐쩍 말라 있었다.

"열악해."

눈살을 찌푸리는 차준후였다.

새한초자의 작업환경이나 일상은 눈을 뜨고 볼 수 없을 만치 비참했다.

1,000도를 넘나드는 불도가니 옆에는 잠을 잘 때 사용하는 박스나 가마니가 보였다.

열악한 작업장은 가스 발생을 비롯해 온갖 위험 요소가 널려 있어 언제든 사고가 발생한 가능성이 높았다.

* * *

약속 시간인 오후 2시가 훌쩍 넘었다.

2시 40분이 지나서야 미국 포드 차량 1대가 공장으로 들어왔다.

다 무너져 가는 공장과 허름한 직원들과 달리 양복을 입은 멋진 중년 사내가 차에서 내리는 게 보였다.

"스카이 포레스트 사장이시라고."

"그렇습니다."

"일찍 도착하셨네."

"네."

"숙련된 기술자들을 영입하고 싶다고?"

"말이 짧네요."

처음 보는데 반 토막 난 말을 내뱉는 게 마음에 들지 않는 차준후다.

언제 봤다고 말을 찍찍 내뱉는 거야.

그렇지 않아도 약속 시간에 늦은 것, 엉망인 공장 내부와 어린아이들까지 일을 시키는 모습에 심하게 불쾌했다.

1960년대 현실적인 모습이지만 기분이 나쁜 건 사실이다.

"아! 실례했소. 아들 또래이기에 편하게 말한다는 것이 불쾌했다면 미안하오."

사장 전우열이 얼굴을 찡그렸다. 싫어하는 티가 역력했다.

"사업 이야기를 하는 중이니, 제대로 말을 해 주시죠."

"……알았소. 사장실로 가서 이야기를 나눕시다."

"그러죠."

차준후가 선우열을 따라 사장실로 들어갔다.

허름한 공장과 달리 사장실은 깨끗하면서 고급스러웠다.

한쪽에는 냉장고와 텔레비전에 그 비싼 에어컨까지 달려 있었다.

SF유리

"공장은 너무 찜통이라 숨이 막히니까, 에어컨부터 틀고 이야기합시다."

전우열이 에어컨을 가동시켰다.

시원한 바람을 맞고 있는 차준후의 얼굴이 더욱 차가워졌다.

"시원한 음료로 먹을 거요?"

"괜찮습니다."

차준후가 사양했다.

전우열이 냉장고에서 콜라를 꺼내어서 먹었다.

마시던 콜라를 테이블에 내려놓고 차준후를 바라보았다.

"유리 기술자들을 영입하겠다고요?"

"맞습니다."

"공장에서 일하고 있는 사람들은 오랜 경험을 가지고 있는 기술자들이오."

"그런 것치고는 젊어 보이더군요."

"흠! 어릴 때부터 일한 기술자들이외다. 어디에 내놔도 부족하지 않지요."

전우열이 목소리를 높였다.

사실 공장장도 내보내고, 오랜 경력을 지닌 유리 기술자들을 내보냈다.

공장 시설이 워낙 낙후되어 있다 보니 고쳐야 하는 곳이 너무 많았다. 벌어들이는 수입은 그대로인데 수리 비용이 나날이 늘어났다.

그래서 전우열은 공장을 폐업할 계획이었고, 많은 보수를 지불하고 있는 숙련된 기술자들을 해고했다.

하루아침에 숙련된 기술자들은 실업자가 되고 말았다.

"회사 기술자들을 모두 넘길 수노 있습니니난……."

"얼마를 생각 중이십니까?"

"오랜 세월 기술을 가다듬은 숙련자들이오. 값싸게 넘길 수는 없지요."

전우열이 탐욕을 드러냈다.

"사업에 속도를 낼 수 있다면 비용을 지불할 용의가 있습니다."

전우열은 얼마 전 숙련된 기술자들을 해고했다는 게 너무 아쉬웠다.

"보다 숙련된 기술자들을 원하면 불러올 수도 있소."

"무슨 소리입니까?"

"해고한 기술자들이 있소."

"해고를 했으면 공장과는 관계가 없는 사람들이 아닙니까?"

"오랜 세월 공장 밥 먹고 산 사람들이기에 내 말이라면 껌뻑 죽소. 당장에라도 불러올 수 있소이다."

전우열이 해고한 기술자들을 여전히 공장의 사람들처럼 여겼다.

이게 무슨 말도 안 되는 소리야.

차준후는 어처구니가 없었다.

기꺼이 비용을 지불하려는 건 어디까지나 정상적인 범위 내였다.

지금까지 공장에서 사람들에게 기술을 전수한 건 사실이었기에.

그 세월의 경험과 기술을 돈으로 사려는 것이다.

"모두 합쳐서 삼백만 환이오."

"······."

엄청난 금액에 차준후가 실소를 금치 못했다.

대우를 해 주려고 했는데, 지금 그걸 이용해서 한탕 크게 벌어들이려는 수작이었다.

이러면 달라지지. 대우해 줄 가치가 없는 자였다.

"사장님의 이야기는 잘 들었습니다."

차준후가 자리에서 일어났다.

"삼백만 환에 공장까지 넘겨줄 수 있소이다. 그러면 크게 손해를 보는 것도 아닐 것이오."

전우열이 선심을 쓰듯 말했다.

스카이 포레스트에서 유리 공장을 새롭게 창업했다는 소식을 접했다.

기술자들을 영입하기 왔기에 비싸게 불러도 받아들일 수밖에 없다고 판단했다.

이 인간이 미쳤나.

덴마크에서 수입한 자동화한 시설들과 첨단 장비들이 설치된 유리 공장이 있기에 이 쓰러져 가는 공장 따위는 공짜로 줘도 필요 없었다.

"관심 없습니다. 한눈에 봐도 쓸모없어 보이니까요."

"……그럼 숙련된 기술자들만이라도 데리고 가시오. 금액을 조율해 봅시다."

어차피 조만간 폐업할 공장이다.

돈을 받기만 하면 대만족이었다.

"됐습니다. 제가 알아서 기술자들을 영입하겠습니다."

차준후는 사장실을 벗어났다.

탐욕스런 전우열과 더 이상 말을 이어 가고 싶지 않았다.

 사장에게 줄 돈을 다른 곳에 사용할 작정이었다.

 "에이! 너무 크게 불렀나? 젊은 놈이라 그런지 협상을 모르네."

 홀로 남은 전우열이 툴툴거렸다.

 밖으로 나온 차준후는 탐욕스런 사장을 이롭게 해 주기 싫었다.

 이롭게 해 줘야 하는 사람이 있다면?

 그건 영세한 사업장에서 땀 흘려 일하는 기술자들이었다.

 "이야기는 잘됐습니까?"

 구릿빛의 청년 안지일이 차준후에게 물었다.

 기술자들을 영입하러 왔다는 이야기가 이미 공장에 파다하게 퍼졌다.

 공장의 기술자들은 모두 스카이 포레스트의 차준후와 일하고 싶었다.

 "아니요."

 "아! 너무 아쉽네요."

 안지일의 얼굴에 실망이 가득했다.

 기대가 한 방에 날아갔다.

 "일 끝나고 이야기를 나눌 수 있을까요?"

 "그때까지 기다릴 필요 있나요. 잠깐 밖으로 나가시죠."

"그래도 일과는 끝내 놓고 해야 하지 않나요?"

"월급이 벌써 두 달이나 밀렸어요. 일과 중에 나가도 사장은 할 말이 없죠."

"그럼 나갑시다."

차준후가 동의했다.

월급이 두 달이나 밀렸다면 작업시간 내에 공장을 벗어나도 무방하다.

"기술자들을 영입하고 싶습니다."

공장 밖에서 차준후가 곧바로 본론을 꺼냈다.

"감사합니다. 기술자들이 얼마나 필요합니까?"

안지일의 얼굴이 환해졌다.

꿈의 직장이라는 소문을 들었고, 이제 환상적인 복지혜택을 받을 수 있게 된다.

"많을수록 좋지요."

앞으로 생산해야 할 물량이 많았다.

우유병을 꾸준하게 만들어야 했고, 희강품 수출까지 염두에 두고 있었기에 SF 유리 공장의 덩치를 키워야 한다.

"공장에 있는 기술자들만 고용하실 생각입니까? 사장이 공장을 폐업할 생각이어서 기존에 일하다가 해고된 숙련자분들이 있으시거든요."

"다 데리고 오세요."

차준후는 젊은 청년과 어린아이들만 공장에 있었던 걸 이해했다.

"어린아이들은 어떻게 할까요?"

"음! 안타깝지만 스카이 포레스트에서는 어린아이들을 고용하지 않습니다."

"역시 들었던 대로군요."

"그래도 데리고는 오세요. 그 아이들에게 주고 싶은 것이 있으니까요."

"알겠습니다."

"저녁 일곱 시에 공장 앞 공터로 오시면 됩니다."

* * *

새한초자 공장 인근 공터에 대략 100여 명의 사람들이 모였다. 대부분 성인들이었지만 어린아이들도 군데군데 섞여 있었다.

"스카이 포레스트 사장님은 언제 오시는 거야?"

"일곱 시에 오신다고 했어요."

"정말 우리를 다 고용하실까?"

"많을수록 좋다고 했습니다."

"그래도 사람들이 너무 많잖아. 소문을 듣고 다른 공장 사람들까지 달려왔어."

"그러니까 왜 함부로 이야기를 떠들고 다니신 겁니까?"
"좋은 이야기라 나도 모르게 지인에게 말한 거지."
"우선 기다려 봅시다."

스카이 포레스트에서 유리 기술 전문가들을 영입한다는 이야기가 알음알음 퍼져 나갔다. 지금도 공터에 합류하는 사람들이 한두 명씩 늘어났다.

"여기 왜 이렇게 사람들이 많이 모여 있나요?"
"갈 길 가세요."
"좋은 일 같은데, 이야기해 주세요."
"스카이 포레스트 사장님께서 직원들을 구한다고 합디다."
"헉! 신문에 툭하면 보도되고 있는 그 회사 사장님께서 여기로 오신다는 말이군요. 좋은 정보를 알려 주셔서 정말 감사합니다."

우연히 지나가다가 잔뜩 몰려 있는 무리를 보고서 합류하는 사람들도 있었다.

차준후가 공터에 모습을 드러냈다.

"사장님."
"많은 분들이 모이셨네요."
"다른 공장 유리 기술자분들까지 오셨습니다."
"그렇군요."

근로자들 사이에서 스카이 포레스트에 대한 소문은 떠

들썩했다.

 월급 많지, 복지 좋지, 혜택은 비교를 불허했다.

 당연히 박봉인 기술자들이 잔뜩 몰릴 수밖에 없었다.

 "유리 기술자와 숙련자분들을 영입하기 위해 이 자리에 온 스카이 포레스트의 사장 차준후라고 합니다."

 "와아! 사장님에 대해 들어서 잘 알고 있습니다."

 "얼마나 많이 영입할 생각인가요? 저는 꼭 뽑아 주셔야 합니다."

 "자! 여러분, 여기 오신 분들이 일한다고 하면 모두 스카이 포레스트의 유리 공장으로 모시겠습니다."

 차준후가 시원하게 선언했다.

 유리 공장은 많은 사람들이 필요한 사업이다.

 숙련자와 기술자들이 많아야 불량품이 줄어들고, 공장의 생산 속도가 올라간다.

 "감사합니다."

 "열심히 일하겠습니다."

 기술자들이 환호했다.

 "스카이 포레스트는 직원분들에게 동종업계 최고의 월급과 복지 혜택을 제공합니다. 이 부분은 사장인 제가 확실히 약속합니다."

 "우와아아! 최고입니다."

 "사장님, 정말 착하세요."

환호성이 울렸다.

월급을 박하게 주는 공장이 거의 대부분이다.

적은 월급으로도 일한다는 사람이 널렸다.

모든 것이 부족한 대한민국이지만 사람은 넘쳐 났다.

"저희도 일할 수 있나요?"

나이 어린 소년이 잔뜩 긴장한 모습으로 물었다.

"미안하다. 우리 회사는 어린아이를 고용하지 않는다."

차준후는 아이를 고용할 생각이 없다.

아이들은 학교에서 배움의 기회를 가져야 한다고 생각한다.

불쌍한 아이들이라고 해서 스카이 포레스트에서 일할 기회를 주지는 않는다.

"그럼 왜 오라고 했는데요?"

"어른들이 빠져나가면 너희들이 고생할 테니까. 그 고생에 대한 대가를 지불하려고."

새한초자 공장이 폐업한다고 해도 여전히 다른 공장을 전전할 아이들이다.

그러나 이런 아이들에게도 기회를 주고 싶었다.

"자! 새한초자 공장의 아이들은 줄을 서라. 이제부터 각자 천 환씩 줄 테니까."

숙련된 기술자들을 데려가면서 애당초 사장에게 주려고 가지고 왔던 현금이었다.

최대 백만 환까지 지불할 생각이 있었다.

그런데 그런 거래는 전우열의 욕심으로 인해 파탄이 나고 말았다.

어린아이들에게 천 환씩 줘도 오히려 비용이 적게 들어갔다.

"감사합니다."

"착한 사장님, 정말 고맙습니다."

천 환짜리 지폐를 받아 가는 아이들이 고개를 숙였다.

한 달 동안 일해도 삼십 환을 받기 힘들었다.

어린아이들이 제대로 일하지 못하는 것도 있었지만, 기술을 가르쳐 준다는 명목으로 급여를 아주 낮게 줬다.

천 환은 아이들에게 있어 한 푼도 쓰지 않고 오랫동안 일해야 모을 수 있는 엄청난 금액이다.

"이 돈이 너희들에게 새로운 기회가 됐으면 좋겠다."

차준후가 말했다.

그냥 갈 수도 있었지만 아이들에게 천 환을 주는 주된 이유였다.

"너희는 우리 공장 아이가 아니잖아."

"우리도 어렵고 힘들어. 스카이 포레스트 사장님께서 도와주실 거야."

"다른 공장 아이들까지 돈을 주지는 않아. 그러니까 돌아가."

차준후가 선을 그었다.

불쌍하고 힘든 모든 아이들을 구제해 줄 수는 없는 노릇이었다.

일하지 않으면서 돈을 받으려고 몰려드는 거지와 다른 공장의 어린아이들을 쫓아냈다.

그냥 도움만 바라는 아이들에게 무턱대고 베풀지 않았다.

그때였다.

끼이익!

검은색 미국 차량이 공터 앞에 급하게 멈췄다.

차 안에서 배가 볼록 튀어나와 있는 전우열이 내렸다.

"당신! 이게 뭐 하는 짓이야?"

"필요한 기술자들을 영입하고 있습니다만."

"우리 공장 사람들이잖아."

"어차피 폐업할 공장이고, 직원들이 공장을 옮기는데 허락을 받아야 하는 일인가?"

차준후가 담담하게 말했다.

전우열이 직원을 편하게 해고할 수 있는 것처럼, 직원도 공장을 수월하게 옮길 수 있다.

"이건 경우가 아니지. 직원을 데리고 가려면 그에 맞는 비용을 내게 지불해야 맞잖아."

전우열이 입에 거품을 물어가면서 길길이 날뛰었다.

"두 달 동안 월급을 받지 못한 직원들은 생각이 다른 모양인데."

차준후가 전우열을 인간 취급하지 않았다.

월급을 체불해?

어렵고 힘든 시기였기에 상황이 여의치 않으면 직원들에게 양해를 구하고 월급을 체불할 수도 있다.

그런데 외제차를 몰면서 힘들다고 말할 수 있을까?

호의호식하면서 직원들에게만 공장의 힘든 부분을 감당하라는 건 정말 몰염치한 짓이다.

* * *

"사장님, 체불한 임금은 언제 줄 생각입니까?"
"조만간 준다고 했잖아."
"말만 하고 있잖아요. 떼먹을 생각 아닙니까?"
"뭐라고! 말도 안 되는 소리 지껄이지 마."
"당장 밀린 임금 내놓아요. 그렇지 않으면 저 차량을 가지고 갈 테니까요."
"저 차가 얼만 줄 알고 하는 소리야. 너희들 월급 다 모아도 저 차를 못 사."
"돈 없다고 말하지 말고 차를 팔아서라도 돈 달라고요!"

새한초자 직원들이 강하게 요구했다.

그동안은 공장을 다닐 생각으로 사장의 눈치를 봐야만 했다.

그런데 이제는 좋은 직장으로 옮기고, 착한 차준후를 사장으로 모실 수 있게 됐다.

더 이상 전우열의 눈치를 볼 필요가 없었다.

"돈 없으면 지금 이 자리에서 현금으로 차를 구매해 줄 수도 있습니다."

차준후가 한마디 툭 하고 내던졌다.

"누구를 거지로 보나. 돈 있어. 있다고."

전우열이 강하게 소리쳤다.

아뿔싸!

실수했다는 걸 깨닫고 황급히 주변을 둘러봤다.

직원들이 사나운 표정으로 노려보고 있었다.

"돈이 있으면서도 월급을 주지 않았다는 거지."

"이야! 못된 건 알고 있었는데, 정말 몹쓸 사람이구나."

"밀린 월급을 내놓지 않으면 오늘 어디 한 구석 부러질 줄 아쇼."

직원들의 표정이 험악해졌다.

단순한 엄포가 아니었다.

공장 소속 직원일 때는 순한 양처럼 고분고분했지만, 이제는 사나운 늑대였다.

"젠장!"

전우열은 대충 시간만 때우다가 폐업하고 직원들의 월급을 떼어먹을 작정이었다.

이제 더 버텼다가는 두들겨 맞을 것만 같았다.

"내 월급 내놔. 당장!"

"알았어. 주면 될 거 아니야!"

전우열이 큰 소리로 외치며 투항했다.

"흠! 우리 기술자들이 지금처럼 사납지는 않습니다."

안지일이 차준후의 눈치를 슬며시 살폈다.

앞으로 모셔야 하는 사장님에게 몹쓸 모습을 보여 주는 게 아닌가 걱정됐다.

"자신의 걸 쟁취하는 건 당연한 권리입니다. 사장이 주지 않으면 사납게라도 요구해야죠."

차준후가 직원들을 이해했다.

두 달이나 묵묵히 기다려 줬다고?

오히려 너무 착한 게 아닐까 싶다.

"이해해 주셔서 감사합니다. 사장님을 들리는 소문처럼 정말 착한 성품이시네요."

안지일이 감격스런 눈빛으로 바라보았다.

"흠!"

차준후가 헛기침을 내뱉었다.

당연한 걸 이야기하는데 왜 자꾸 감탄을 하는지.

못된 사장과 달리 그는 절대 직원들 월급을 연체하지 않을 거다.

회사가 망하더라도.

"망할 때 망하더라도 직원들 월급은 지불해야지요."

"옳으신 말씀입니다."

전생에서 오랜 세월 직원으로 일했기에 그 심정을 잘 안다.

"한 달이라도 월급이 체불되면 삶이 완전히 꼬이잖아요."

"이야! 사장님. 직원들 마음을 정말 잘 아시네요. 매달 나오는 월급의 사용처가 정해져 있기에 지금 너무 힘듭니다."

"열심히 일하고도 월급을 받지 못하면 억울하기 그지없죠. 우리 회사에서는 지금과 같은 일은 절대 없습니다."

"사장님을 믿습니다. 저뿐만 아니라 다른 동료들도 얼마나 기대하고 있는지 모릅니다."

스카이 포레스트 유리 공장에 기술자들이 새롭게 대거 모집됐다.

* * *

"환상적이네. 화장품 용기 디자인이 정말 잘 나왔다."

냉면집에서 차준후가 활짝 웃으며 말했다.

어제 맡겼던 화장품 용기 디자인을 살필 겸 전영식에게 점심을 사 주기 위해서 만났다.

"감사합니다."

전영식이 고개를 숙였다.

크게 어렵지 않았다.

마음속에 떠오른 수많은 디자인 가운데 가장 어울린다고 생각된 걸 끄집어냈을 뿐이다.

"다른 건 없어?"

차준후가 물었다.

기다렸는데도 불구하고 초상화에 대한 이야기가 없었다.

말을 꺼낼 때까지 기다릴까.

그러나 궁금증이 인내심을 앞질렀다.

"……네? 무슨 말씀이신지 모르겠네요."

혹시 실수라도 한 것이 아닌지 전영식이 생각에 잠겼다.

용기 디자인을 하나가 아닌 몇 개 더 제출했어야 하나?

"어제 지켜보니까 내 초상화를 그리고 있던데……."

"아! 그것이 불현듯 그려 보고 싶어서요. 저도 모르게 연필을 잡았어요."

전영식이 양손을 허공에서 흔들어가면서 크게 당황했다.

당사자에게 허락받지 않고 초상화를 그려서 문제가 될 수도 있었으니까.

"정말 보고 싶어서 이야기를 한 거지, 뭐라고 지적을

하려는 게 아니야."

"진짜로 궁금하세요?"

"물론이지. 약속 때문에 떠나야만 했지만 작품을 계속 지켜보고 싶었어. 숨이 막힐 정도로 멋진 작품이었으니까."

어제 봤던 초상화가 머릿속에서 떠나지 않았다.

영혼을 뒤흔드는 그림!

초상화가 너무나도 강렬하게 다가섰다.

그림에 깃들어 있는 작가의 정신과 삶 등을 느끼면서 진하게 교감할 수 있었다.

사람의 내면을 진하게 울리는 예술품들은 하나같이 걸작들이었다.

"여기요."

마침내 전영식이 스케치북의 초상화를 선보였다.

마치 국민학생이 선생님에게 숙제 검사를 받는 기분이었다.

심장이 요란하게 뛰었다.

"아!"

차준후가 탄성을 터트렸다.

스케치북의 미세한 결 사이 사이로 흠뻑 스며든 검은 선들이 기하학적인 형태로 차준후의 얼굴 형상을 취하고 있었다.

음영을 준 검은색들 안에는 차준후가 있었다.

신기하게도 연필로 그린 다음에 흑연으로 덧칠한 초상화에는 임준후의 모습까지 녹아 있었다.

차준후 위에 임준후가 어려 있다고 할까?

이전 삶의 모습까지 떠올리게 만드는 매력 넘치는 그림이었다.

"아……."

현재와 미래를 동시에 관조하고 있는 차준후가 연신 탄성을 터트릴 수밖에 없었다.

셀 수조차 없는 억겁의 사념들이 머릿속을 스치고 지나갔다.

흑연으로 긋고 문질러 만든 초상화가 차준후의 시야 깊은 곳으로 파고들었다.

초상화의 모든 선들이 형태를 이뤄서 마음으로 다가온다고 할까?

탄성만 이어지고, 말 없는 시간이 길어졌다.

'초상화가 마음에 들지 않으신 걸까?'

전영식이 조마조마한 심정으로 반응을 기다렸다.

"정말 잘 그렸구나. 내 마음을 울리는 최고의 작품이야."

그림이 주는 강렬한 울림에 취한 차준후가 떨리는 목소리로 물었다.

극찬을 전해 들은 전영식의 얼굴에 미소가 피어났다.

"정신을 차리고 보니까, 빵집에서 완성했더라고요. 이

런 경험은 처음이었어요. 제가 스스로 그린 건지, 아니면 무의식이 그린 건지 모르겠더라고요."

전영식이 어색하게 웃었다.

자신의 손으로 초상화를 완성해 놓고도 특이한 경험 탓에 놀랄 수밖에 없었다.

스케치북에 그려진 초상화는 직접 봐도 심상치 않아 보였다.

이런 그림을 원해서 전영식을 후원하고 있는 것이다.

"음! 이런 일에 대해 잘 아는 미술대 교수님들에게 물어봐야겠다."

차준후는 전영식을 위해 전문적인 지식과 능력을 갖춘 미대 교수를 붙여 줄 생각이었다.

천천히 시간을 두고 사람을 구해도 된다고 여겼으나, 엄청난 오산이었다.

"아니에요. 지금만 해도 충분히 만족스러워요."

"내가 불만족스러워. 더 전문적으로 배우면 어떤 그림이 나올지 궁금하니까."

많이 배운다고 해서 대단한 작품이 무조건 나오는 건 아니다.

그러나 배워서 나쁜 건 없었다.

"예. 그러면 감사히 받겠습니다."

전영식이 밝은 표정으로 받아들였다.

제대로 배워 보고 싶었으니까.

그리고 작품다운 작품을 만들어 내서 차준후에게 보여 주고 싶었다.

"초상화를 구매하고 싶은데."

간절하게 가지고 싶은 그림이었다.

옆에 두고서 두고두고 감상할 만큼 멋있는 그림에서 시선을 떼기가 힘들었다.

"무슨 말씀이세요. 허락받지도 않고 그렸고 받은 것도 많으니까 제가 그냥 드릴게요."

뿌듯했다. 존경하는 차준후에게 인정을 받았으니까.

그 사실만으로도 배가 불렀고, 기꺼이 초상화를 줄 수 있었다.

"말도 안 되는 소리! 이런 걸작을 공짜로 받을 수는 없어."

"아니에요. 돈은 절대 받을 수 없어요."

"돈을 받고 싶지 않다고?"

"네."

전영식이 다부지게 의사를 표시했다.

"좋아! 대단한 예술가의 의사를 존중해 주지."

"감사합니다."

"돈 대신에 집을 한 채 줄게."

"네?"

전영식이 황당한 표정을 지었다.

돈을 받지 않겠다니까, 더욱 대단한 집이 떡하니 등장해 버렸다.

"화가는 돈으로 자신의 가치를 세상에 알리는 거야. 가치가 있는 작품이기에 기꺼이 집을 주려는 거고. 자신감을 가져. 무엇보다 넌 자신의 가치를 제대로 알 필요가 있어."

차준후는 초상화를 가질 수만 있다면 억만금을 줘도 하나도 아깝지 않았다.

"아무리 생각해도 이건 아닌 것 같아요."

"내가 대단한 이득을 보는 거다. 이 초상화는 세월이 지나면 엄청난 가치를 지닐 테니까. 예술 작품이 가장 저렴할 때가 언제인 줄 알아?"

"글쎄요."

"그건 작품을 봤을 때 망설이지 않고 당장 사는 거야. 집 한 채로 저렴하게 초상화를 매입할 수만 있다면 너무 행복할 것 같다. 부족하다고 생각하면 다른 걸 더 제공할게. 어때?"

"넘치도록 충분해요. 제발 집 한 채로 멈춰 주세요."

"고맙다. 액자에 넣어서 사장실에 걸어 둘게. 집에 두고 혼자만 보고 싶기도 한데, 그건 훌륭한 작품에 대한 예의가 아니지. 많은 사람들이 볼 수 있도록 사장실에 둬야겠어."

차준후가 정말로 순수하게 기뻐했다.

'내 그림이 훌륭하다고 말씀하고 계셔. 너무 좋다.'
전영식은 차준후의 칭찬에 너무나도 행복했다.
최고의 순간이었다.

* * *

뜨거웠던 여름이 서서히 지나가고 있었다.
일교차가 서서히 심해져 가는 가을이다.
유리병들이 일렬로 컨베이어 벨트를 따라 이동하고 있었다.
하얀 우유가 관에서 흘러나와 유리병을 채웠다.
우유를 담은 유리병 위에 병뚜껑이 씌워졌고, 포장기에서 SF 우유라는 인쇄지가 붙었다.
자동화된 시설에서 200ml 병 우유가 끊임없이 생산됐다.
생산된 우유들은 성삼전기가 만든 서늘한 냉장 시설에 보관됐다.
"성삼전기에서 냉장 시설을 잘 만들었네요. 문제는 없나요?"
"다행히 아직까지 아무런 문제가 없었습니다."
생산을 담당하고 있는 공장장 박진명이 차준후의 옆에서 따라다니고 있었다.

덴마크에서 들여온 냉장 시설과 부품들이 성삼그룹에서 새롭게 창립한 성삼전기에서 조립되어 서울과 경기도 일대에 순차적으로 설치되고 있었다.

"사실 조립만 한국 성삼전기에서 할 뿐, 모든 부품은 덴마크에서 수입해 오고 있는 영향이 크겠죠."

"맞습니다. 그럼에도 불구하고 배울 바가 엄청나다고 합니다. 그러니까 성삼그룹에서 성삼전기를 새롭게 만든 것이고요."

성삼토건의 냉장 시스템을 도맡아서 처리하는 과정에서 성삼전기는 냉장 시설과 냉장 시스템에 대한 덴마크 선진기술을 알차게 배워 나갔다.

"하긴 성삼그룹이 돈 냄새를 기가 막히게 잘 맡죠."

차준후가 성삼그룹을 생각하면서 웃었다.

성삼그룹은 이번 낙농 사업에 발 빠르게 참여했고, 냉장 시스템 분야에서 거의 원가에 근접한 금액을 제시했다.

그래서 치열한 경쟁을 뚫고서 사업낙찰을 받아 냈다.

이득이 박했지만 대신 미래에 세계적으로 유명해질 성삼전기가 원역사보다 일찍 새싹을 드러냈다.

'너무 빠른 게 아닐까?'

차준후가 살짝 우려했다.

제12장.

SF 우유

SF우유

 성삼전기는 원래 1973년 설립이었는데 무려 13년 앞선 1960년에 창립됐다.
 성삼그룹은 눈앞의 이득보다 부족한 게 많았지만 성장할 수 있는 기술을 선택한 것이다.
 '내가 지금 시간대에 존재한다는 자체가 모순이잖아. 사업을 키워 나가는 이상 변화는 어쩔 수 없어.'
 차준후가 1960년 국내 업체들과 협력하여 본격적으로 사업을 진행해나가기로 결심했다.
 대한민국에 더욱 많은 이익과 경제 호황을 가져올 수 있도록 노력을 기울일 생각이다.
 기업들이 서로 도움이 되는 관계 속에서 성장할 수 있기를 바랐다.

가난한 대한민국을 송두리째 바꾸려 하고 있었다.

"공장장님이 있어서 제가 무척 편합니다."

단기간에 목장과 유리 공장, 우유 공장 등을 설립하다 보니 많은 시행착오가 있었다.

덴마크에서 파견된 기술진과 전문가들의 도움으로 성과가 보이고 있었지만, 내면을 살펴보면 문제도 많았다.

특히 인재가 턱없이 부족했다.

우유 공장에 해성처럼 등장한 인재가 바로 박진명이었다.

"사장님께서 믿고 맡겨주셨기에 최선을 다해 노력하고 있을 뿐입니다."

박진명이 고개를 조아렸다.

"능력 넘치는 좋은 전문기술자이니까 제가 공장을 믿고 맡기는 겁니다."

차준후는 근래 몸이 열 개라도 부족한 지경이었다.

벌려놓은 사업들이 많았기에 둘러봐야 할 곳을 찾아다니기만 해도 하루가 훌쩍 지나갔다.

인재 박진명은 차준후에게 단비와도 같은 존재였다.

40대의 그는 일본 우유 공장에서 일했던 기술자 출신으로, 일본 패망 이후 하루아침에 일자리를 잃어버렸다.

고국으로 돌아왔지만 우유 관련 기술은 아무런 가치도 인정받지 못 했다.

"사장님 덕분에 실업자 신분에서 벗어나 제 기술을 마음껏 펼쳐볼 수 있게 됐습니다. 기회를 주셔서 항상 감사하고 있습니다."

공장장으로 취직하기 전의 삶은 다시 떠올리기 싫을 정도로 끔찍했다.

한창 나이의 사내가 집에서 아무 하는 일 없이 지낼 수는 없는 노릇이라 닥치는 대로 일거리를 구했다.

입에 풀칠하기도 어려운 시절이었고, 그의 가정살림은 점점 어려워져만 갔다.

다 쓰러져 가는 집에서 제대로 먹지 못 하는 삶을 연명하고 있다 보니, 그의 아내는 자주 아팠고, 아이는 빼쩍 말라갔다.

"반대입니다. 기회를 준 게 아니라 제가 인재를 얻은 겁니다."

차준후가 웃으며 말했다.

박진명은 SF우유 공장이 설립된다는 소식을 듣고 찔러보자는 심정으로 달려왔고, 공장 앞에서 반나절을 꼬박 기다렸다가 차준후를 만날 수 있었다.

우유 관련 기술자라는 사실을 적극 어필하였고, 그는 취업에 성공했다.

SF우유 직원들을 구하려고 하던 차준후였고, 기술자이면서 열정적으로 임하는 박진명을 곧바로 공장장으로 임명했다.

그리고 차준후의 선택은 옳았다.

박진명은 전문가답게 덴마크 기술자들과 협력하여 공장의 구석구석을 살폈고, 성과를 이루어내고, 자신의 쓸모를 증명해냈다.

"사장님께서 저를 등용해 주었기에 집안의 어려움을 일시에 해결할 수 있었습니다."

그는 가불된 월급을 받고 집으로 돌아가면서 눈물을 펑펑 흘렸다.

딱한 사정을 알게 된 차준후가 무려 10,000 환의 돈을 가불해줬다.

그 돈으로 집안의 어려움을 단번에 해결해버렸다.

"돈이 더 필요하면 언제든 이야기하세요."

차준후는 인재에게 필요한 모든 지원을 해줄 준비가 되어 있었다.

"주시는 월급반으로도 충분합니다."

월급의 절반은 가불된 금액을 갚아나가고 있었는데, 나머지만으로도 가족을 돌보기에 충분했다.

직원들 가운데 전영식 다음으로 많은 월급을 받아가는 전문기술자 박진명이었다.

"흠! 성과금도 있을 테니까, 기대하세요."

차준후는 박진명의 근면하면서도 독립적으로 처리하려

는 자세를 높이 평가했다.

"기대하고 있겠습니다."

스스로 기회를 쟁취해가는 박진명이 SF우유에서 자리를 잡아갔다.

가난에서 탈출하여 부자가 되겠다는 노력을 직장에서 마음껏 펼쳤다.

암울했던 기억이 있었기에 목숨을 걸고 노력하겠다는 굳은 의지를 내비쳤다.

"자동화된 시설에서 우유를 생산하는 걸 보니, 정말 좋네요."

차준후가 기계화된 시설들을 보면서 감탄했다.

지금 상황에 오기까지 한 걸음 한 걸음 걸으면서 스스로 쟁취해야 했다.

병원에서 깨어나 공장을 설립하고, 유럽까지 갔다가 귀국하여 좌충우돌한 기억들이 주마등처럼 머릿속을 스치고 지나갔다.

참으로 눈물겨운 노력의 흔적이었다.

미래에서 흔하게 볼 수 있는 장비와 시설이었는데, 1960년 가난한 대한민국에 설치하기까지 참으로 많은 우여곡절이 있었다.

"사장님 덕분에 우리나라도 드디어 자동화된 시설을 통해 우유를 만들게 됐습니다."

박진명이 감격한 표정이었다.

대한민국 최초.

이 두 글자가 가슴을 뛰게 만들었다.

하루 24시간 쌩쌩하게 돌아갈 수 있는 최신 시설들이었지만, 목장에서 수급되는 원유의 양이 충분치 않았다. 그렇기에 한정적으로 가동되면서 병 우유를 생산하고 있었다.

"고생했습니다."

차준후가 말했다.

"제가 고생한 게 뭐 있나요. 사장님께서 덴마크에서 시설을 들여오고, 젖소들을 데리고 오셔서 가능한 일입니다."

"공장 설비가 잘 돌아가고 있고, 기술협력을 받아 가면서 직원들을 잘 교육시켰다는 걸 압니다. 제대로 일궈 낸 점 다시 한번 감사드립니다."

제대로 시설이 돌아가게 만드는 과정이 쉽지 않다는 걸 차준후가 잘 알았다.

고생을 알아봐 준다는 사실에 사내가 고마워했다.

"1차 목표인 하루 20,000병 생산을 달성했습니다만 판매가 신통치 않습니다."

생산 목표는 달성했으나, 병 우유 판매에 어려움을 겪고 있었다.

먹고살기도 힘든 시절이었기에 우유는 사람들에게 사치스럽게 느껴졌다.

그리고 냉장 시설이 갖춰져 있어야 하는데, 기반 시설이 부족했다.

거대한 냉장고에 병 우유가 쌓이고 있었다.

"하루 판매량이 어느 정도 됩니까?"

"4,000병 판매도 어렵습니다. 여기에는 론도그룹에서 가져가 주는 물량이 포함되어 있습니다."

"그렇군요."

"죄송합니다."

"괜찮습니다. 처음부터 이득을 보기가 쉽지 않다고 생각했으니까요."

"네? 알면서도 낙농 사업을 진행하셨습니까?"

현재까지 봤을 때 막대한 손해를 볼 수밖에 없었다.

무려 50만 달러가 투입된 사업이었다.

그런데 이득이 어렵다고?

손해를 알면서도 대체 왜 사업을 시작한 건지 의문이었다.

"국가가 필요로 하고, 저도 필요로 했기 때문이죠."

"전자는 이해합니다. 그런데 사장님도 우유가 필요했다고요?"

"화장품을 만드는 데 우유가 필요했습니다."

"아! 그렇군요."

납득이 갔다. 그러나 가지 않는 면이 더욱 컸다.

화장품을 만든다고 50만 달러를 투자해?

좋게 말해서 배포가 컸고, 나쁘게 말한다면 미친 건지도 몰랐다.

"남는 우유는 제가 처리하겠습니다."

"사장님이요?"

아직 차준후를 정확하게 알지 못하는 박진명이다.

사장실에서만 머무르지 않고 직접 현장에서 영업까지 뛰는 사람이 바로 차준후였다.

"국민학교에 납품할 생각입니다."

"아이들에게 우유는 좋은 영양분을 제공하지요. 좋은 생각입니다. 하지만 구매할 수 있는 아이들은 많지 않을 겁니다."

"팔 생각이 없어요. 무상 공급입니다."

차준후는 국민학생들에게 병 우유를 공짜로 제공할 생각이었다.

세상은 참으로 불공평하다.

1960년대로 오기 전, 임준후로 살 때 뼈저리게 느꼈다.

고아로 살면서 의식주에 대한 차별을 심하게 받았다.

특히 학급 친구들이 배불리 먹을 때 배를 쫄쫄 굶어가면서 지켜본 적이 얼마나 많던가.

그때를 생각하면 참으로 서글펐다.

"네? 저 많은 우유를 그냥 준다고요? 손해가 만만치 않을 겁니다. 안 팔리면 분유로 만들어도 되고요. 시간을 두고 생각해 보는 게 어떻겠습니까?"

박진명이 무모한 행동이라면 만류했다.

거액을 투자한 사업이 그렇지 않아도 손해가 막심한데 더 어렵게 만들겠다고?

받아들이기 어려웠다.

공장은 창업 초기의 적자를 최소한으로 줄이고 이익을 남기려는 노력을 기울여야만 한다.

"분유는 따로 만들면 됩니다. 물량을 쌓아 두느니 아이들에게 무상으로 제공하는 편이 좋습니다."

금전적인 이익만 따진다면 차준후는 애당초 사업을 시작하지도 않았다.

눈앞의 이익만을 따지면 미래의 영광은 없을 수도 있다.

그리고 무상 제공이 손해만은 아니다.

사람들의 머릿속에 스카이 포레스트의 선한 이미지를 각인시키는 데 큰 역할을 할 테니까.

이른바 광고다.

소비자가 시장을 주도하는 시장 경제 체제에서 착한 기업이라는 타이틀은 결코 무시할 수 없다.

지금부터 시작해야 나중에 더욱 큰 이득을 얻을 수 있었다.

착한 기업에서 만든 좋은 제품!

광고가 미치는 영향을 잘 아는 차준후는 광고비에 거액이 들어간다고 해도 아끼지 않을 생각이다.

결국 차후에 다 돌아오게 된다.

병 우유를 먹은 아이들은 미래에 스카이 포레스트의 고객이 되고, 아이들의 학부모는 차준후를 철저하게 믿고 따르는 구매자로 탈바꿈한다.

그리고 광고를 접한 국민들은 스카이 포레스트를 다시금 바라보게 된다.

"사장님의 말이 옳지만 너무 부담이 될 것 같습니다. 막대한 투자비를 건지기 위해서는 이득을 봐야만 합니다. 잘못되면 기업이 위기에 처할 수도 있습니다."

"투자비는 화장품에서만 벌어도 충분합니다."

차준후는 낙농 사업에서 이득을 챙기지 않아두 무방했다.

"사장님! 다시 고려하는 게 어떻겠습니까? 무모한 모험입니다. 사업 초창기 지금은 어떻게든 손해를 줄여 나가야 하는 시점입니다."

박진명이 걱정했다.

"지금은 움츠러들 때가 아니라 적극적으로 나아가야

할 순간입니다. 너무 걱정하지 말고 따라오세요. 그러면 병 우유 판매량이 늘어나는 걸 지켜볼 수 있게 될 겁니다. 덩달아 스카이 포레스트에 긍정적인 효과가 작용하는 모습도요."

평범한 사람들과 발상이 전혀 다른 차준후가 확신했다.

모든 국민의 머릿속에 스카이 포레스트가 착한 기업이라는 선명한 이미지를 심어 준다는 정확한 목적의식을 갖고 있었다.

* * *

시일이 지나면 병 우유의 유통기한이 지나게 된다.

차준후는 폐기해야만 하는 병 우유를 홀가분하게 국민학교 학생들에게 주기로 결심했다.

다만 어느 국민학교에 어떻게 전달해야 하는지 고민스러웠다.

"직원들의 아이들이 많이 다니는 국민학교에 주자."

기왕이면 직원들이 혜택을 보는 편이 좋지 않겠는가.

마시면 키가 크고, 부족한 영양소도 채울 수 있으니 좋았다.

차준후는 아이를 두고 있는 최우덕과 감홍식을 불러 무상 납품 의사를 전했다.

"그 많은 우유를 무상으로 주시겠다고요?"
"아이들이 육천 명이 넘습니다."

후암국민학교는 학생들의 수가 너무 많아서 오전반과 오후반으로 나뉘어 있을 정도였다. 인근에서 학생들의 수가 가장 많았다.

"육천 명이라! 좋네요. 병 우유가 재고로 쌓이는데, 매일 육천 병씩 소모할 수 있겠습니다."

차준후는 오히려 반겼다.

"언제까지 하실 계획입니까?"
"이왕에 하는 일 꾸준하게 해야죠."

단기간이 아니라 회사가 존재하는 동안 계속할 생각이었다.

놀라운 천재성으로 사업을 성공시키고 있는 차준후는 자선사업도 다른 기업들과 달랐다.

※ ※ ※

"정말 대단하십니다."
"사장님 덕분에 후암국민학교의 모든 아이들이 우유를 먹을 수 있겠네요."
"그런데 육천 병은 너무 적네요. 직원의 아이들이 후암국민학교에만 있나요?"

"아닙니다. 용산국민학교와 문화국민학교에도 있는 걸로 압니다."

"그곳의 학생들은 얼마나 되나요?"

"정확하지는 않지만 사천 명을 약간 상회하는 걸로 알고 있습니다."

"그럼 그 두 곳의 국민학교도 이번 무상납품에 포함시켜야겠네요."

차준후가 무상납품에 열성을 보였다.

어렵고 힘든 대한민국을 혁신할 수 있는 힘은 교육에서 나온다.

약소하지만 국민학교 학생들을 도와주려는 것이다.

'미래에는 무상급식이 보편화되어 있지.'

개혁하고 표준화된 미래의 교육방침을 1960년대에 선보였다.

"어떻게 이 많은 병 우유를 국민학생들에게 기부하려고 하시는 겁니까?"

"어린아이들은 미래에 어마어마한 결실을 맺을 수 있는 무궁무진한 가능성을 가지고 있습니다. 약소하지만 꽃필 수 있도록 우유를 지원해 주는 것이죠."

"사장님은 정말 다른 돈 많은 사람들하고는 다르시네요."

"존경스럽습니다."

"가진 게 많으니까요. 그러니까 주변을 둘러보면서 지

원해 줄 수 있는 겁니다."

그는 1960년대로 오면서 많은 걸 가지게 됐다.

열심히 살아가는 사람들에게 어떻게 가지고 있는 걸 전할지 고민스러웠다. 그래서 자신의 양심과 허용 범위 내에서 나름 넉넉하게 베풀고 있었다.

"많다고 해서 할 수 있는 일이 아닙니다."

"맞아요. 많이 가진 사람일수록 돈을 쓸 곳이 많고, 욕심 때문에 주변을 돌아보지 못하는 경우를 많이 봐 왔습니다."

맞는 말이었다.

돈만 있으면 할 게 너무나 많은 시기였다.

돈 없으면 힘들지만, 대한민국은 부자들에게 있어 천국처럼 좋았다.

"사업을 시작한 이후로 달콤한 성공을 맛을 보고 있습니다. 나도 모르게 욕심을 내고, 어느새 탐욕스럽게 더 많은 걸 차지하려고 하죠. 이대로 가면 제 자신을 잃어버릴 수도 있다는 생각을 종종 합니다. 남을 돕는 건 분수에 맞게 살아가려는 제 나름대로의 발버둥입니다."

* * *

SF 우유라고 대문짝만하게 박힌 냉동시설 탑재 트럭이

용산 후암동에 위치한 후암국민학교로 향했다.

차준후가 후암국민학교 교장실에서 교장 선생님을 만나고 있었다.

"어서 오세요."

"안녕하십니까. 스카이 포레스트의 차준후라고 합니다."

"교장 강태곤입니다. 유명하신 분이라 잘 알고 있어요. 앉으세요."

강태곤이 차준후를 웃으며 반겼다.

"우리 학교에는 어쩐 일로 오셨나요?"

"제가 이번에 낙농 사업을 펼치고 있습니다. 매일 적지 않은 병 우유를 생산하고 있습니다."

"대단한 일을 해내신 겁니다. 우리나라에 꼭 필요한 낙농 사업이죠. 전 우리 학교 아이들이 우유를 마음껏 먹을 수 있는 날이 하루라도 빨리 왔으면 좋겠다는 생각을 하고 있습니다."

강태곤은 가난한 현실이 너무나도 안타까웠다.

찢어지게 가난해서 학교를 다니기도 힘든 아이들이 태반이었다.

그 아이들은 학비를 제대로 내지도 못하고 있었고, 우유를 사 먹기에는 더욱 힘든 실정이었다.

"그런 의미에서 병 우유를 학교에 기부하고 싶습니다."

차준후가 방문 이유를 밝혔다.
"원래는 저희 쪽에서 먼저 구매했어야 했는데, 이렇게 말씀해 주시니 감사합니다."
강태곤의 얼굴이 환해졌다.
낙농 사업에 들어간 비용이 무려 50만 달러라는 사실을 신문을 통해 알고 있었다.
그리고 엄청난 비용을 지불했는데도 불구하고 우유와 관련된 제품들 판매가 신통치 않다는 것도 신문 기사로 보았다.
아이들을 위해서라도 우유를 구매하고 싶었으나, 사정이 여의찮았다
그런데 이렇게 선뜻 나서 주니, 고마울 따름이었다.
"얼마나 기부하실 생각입니까? 우선적으로 저학년에게 먼저 병 우유를 제공할 생각입니다. 병 우유의 영양분이 저학년에게 더욱 이득일 테니까요."
"구태여 그럴 필요가 없습니다."
"물량이 적은 겁니까? 그래도 괜찮습니다. 기부해 주시는 것만 해도 감사한 일이니까요."
"그게 아니라 모든 학생이 먹을 수 있는 병 우유를 제공하겠습니다. 먹는 것에 차별을 둘 수는 없으니까요."
차준후가 기부 물량을 밝혔다.
그 엄청난 양에 강태곤은 큰 충격을 받았다.

좋은 쪽으로.

개인 기업이 이처럼 막대한 기부 물량을 제공하는 건 그의 오래된 교직 경력에도 처음이었다.

"정말 감사합니다. 아이들을 대신해서 다시 한번 감사드립니다."

강태곤이 고개를 숙였다.

사실 저학년에게만 우유를 제공해야 한다는 생각에 마음 한구석이 아팠었다. 그런데 그런 아픔이 차준후의 기부 물량 앞에서 싹 사라졌다.

"혹시 언제까지 기부하실 수 있으실까요?"

"회사가 존재하는 한 꾸준하게 우유를 무상으로 제공할 생각입니다."

줬다가 안 주면 서운하지 않겠는가.

이왕에 하는 좋은 일.

꾸준하게 무상납품을 할 생각으로 국민학교로 달려왔다.

"아! 정말 감사합니다! 감사합니다!"

강태곤은 정말로 좋아했다.

아이들의 학업에 도움을 줄 수 있는 사업가의 등장이 너무나도 고마웠다.

학업을 계속할 수 있도록 아이들을 독려하거나 도와주고 있지만 현실적인 어려움이 많았다.

가정형편 때문에 국민학교를 그만두고 떠나는 아이들이 많았다.

 이렇게 된 것 얼굴에 철판을 깔았다.

 아이들을 위해서라면 기꺼이 체면을 내려놓을 준비가 되어 있었다.

 "혹시 적은 금액이지만 장학금을 제공해 주실 수 있을까요?"

 "음!"

 차준후가 잠시 고민에 빠졌다.

 병 우유만 제공할 생각으로 왔는데, 갑작스럽게 장학금 이야기라.

 차준후가 강태곤을 지그시 바라보았다.

 "장학금은 아이들에게 큰 도움이 될 겁니다. 부디 나누고 베풀어서 아이들이 밝은 미래를 꿈꿀 수 있도록 도와주십시오."

 조마조마한 심정으로 이야기하는 상태곤이었다.

 한 명의 교육자로서 학생들에게 도움이 될 수 있다면 얼마든지 창피를 당할 수 있었다.

 부끄러움 따위는 일찌감치 던져 버렸다.

 다만.

 긁어서 부스럼이라고.

 괜히 장학금 이야기를 꺼내어서 병 우유 기부가 날아갈

수도 있겠다는 생각도 했다.

하지만 상당한 액수에 해당하는 병 우유를 장기간 지원하겠다는 젊은 차준후의 배포를 믿고서 장학금 이야기를 꺼냈다.

"좋습니다. 장학금을 후원하겠습니다."

차준후가 흔쾌하게 받아들였다.

나누고 베푼다는 이야기와 아이들의 밝은 미래라는 이야기가 차준후의 마음을 움직였다.

1960년대의 삶은 그에게 새로운 기회를 준 거나 마찬가지였다.

'아이들에게도 그런 기회를 주고 싶다.'

결정적인 후원 이유이다.

"정말 감사합니다. 장학금을 꼭 필요한 아이들에게 제공하겠습니다."

자리에서 벌떡 일어난 강태곤이 정수리가 보일 정도로 고개를 숙였다.

"고개를 드세요. 이러시면 제가 곤란합니다."

차준후도 의자에서 일어나 고개를 마주 숙였다.

그러면서 말을 이어 나갔다.

"교장 선생님의 열정에 감동해서 장학금을 지불하는 겁니다. 알아서 잘 사용해 주시면 됩니다. 상황과 결과를 보면서 장학금 규모를 늘릴지 결정하겠습니다."

차준후는 어린아이들에게 보다 많은 기회를 주고 싶었다.

장학금!

아이들의 미래가 밝아질 수 있다면 기꺼이 제공할 수 있었다.

돈은 아깝지 않았다.

과거에 눈을 뜨고 난 뒤 공장을 세우고, 사람들을 고용하면서 보람을 느꼈다.

사람들에게 미래의 복지체계를 제공하면서 솔직히 즐거웠다.

그 즐거움에서 헤어 나오기 어려웠다.

계속해서 그 즐거움을 누리고 싶었다.

1960년의 삶을 자신만 위한 걸로 한정하지 않았다.

주변 사람을 위하고 배려하면서 오히려 그걸 되돌려 받고 있었다.

삶에 행복이 더욱 생겨났다.

더불어 뿌듯한 보람과 함께 대한민국의 빈곤한 상황을 바꿔 나간다는 사명감도 있었다.

해외까지 나가서 차관을 빌려 오고, 낙농 사업을 펼쳐 나가는 데에는 이런 이유가 깔려 있었다.

사람들에게 존경을 받는 와중에 차준후의 사업은 점점 번창해나갔다.

* * *

 우유를 무상납품받은 모든 국민학교에서 표창장을 수여하고 싶은데, 혹시 참석해 줄 수 있는지 연락이 날아왔다.
 강태곤 교장 선생님이 직접 연락해서 아이들에게 병 우유를 주는 사람을 알리고 싶다고 했다.
 국민학교에 기부를 하거나 장학금을 전달하는 사업가들이 없는 건 아니다.
 그러나 차준후처럼 엄청난 거금을 쓰는 사람은 없다.
 그것도 일시적이 아니라 지속적으로 꾸준히 한다는 사실에 국민학교 관계자들이 모두 놀랐다.
 표창장을 차준후가 극구 사양했다.
 그러나 후암국민학교 강태곤 교장 선생님은 차준후를 알려야 한다는 고집을 꺾지 않았다.
 운동장에 전교생이 모여 교장 선생님의 훈화 말씀을 듣는 아침 조회 시간이다.
 "병 우유를 무상으로 기부해 주시는 훌륭하신 분이 있으십니다. 앞으로도 꾸준하게 병 우유를 제공해 주신다고 하셨습니다. 우리 모두 그분에게 감사해야 합니다."
 단상에 선 강태곤이 훌륭하신 분에 대해서 이야기했다.

훈화의 시간이 벌써 십 분이 넘어갔다.
"그분은 스카이 포레스트의 차준후 사장님이십니다."
"와! 우리 아빠 직장 사장님이시네."
"우리 엄마도 그 회사 다니는데."
"아빠 엄마 사장님이 병 우유를 주시는 거구나."
아이들이 떠드는 말이 들렸다.

평소였다면 아이들을 지도했겠지만, 기분이 좋았기에 교장 선생님이 눈감고 넘겼다.

스카이 포레스트를 다니는 직원들 아이가 많기 때문에 병 우유를 받았다는 걸 알았기 때문이다.

"우리 모두는 차준후 사장님께 감사해야 합니다. 밖에서 보게 되면 꼭 인사하세요. 알겠죠?"
"네, 교장 선생님."
"네에."
아이들이 화답했다.

* * *

「스카이 포레스트의 통 큰 기부. 이 시대의 귀재!」
「젊은 차준후 사장 10,000병 넘는 병 우유를 국민학교에 기부하다!」
「우유가 너무 고소하고 맛있어요.」

「병 우유와 함께 장학금까지 기부하는 멋진 사장님.」

 신문 기사가 보도됐다.
 병 우유를 무상으로 기부받은 국민학교 관계자들을 통해 차준후의 선행이 알려졌다.
 신문 기사는 스카이 포레스트와 SF 우유에 대한 최고의 광고였다.
 창의성이 아주 뛰어난 광고라고 할까.
 모든 국민에 대해 전달하는 바가 아주 뚜렷했다.
 탁월한 광고로 인해 SF 우유의 판매량이 눈에 띌 정도로 늘어났고, 스카이 포레스트의 판매 화장품들도 덩달아서 폭발적으로 성장했다.
 특히 용산 일대에서 스카이 포레스트 물건들이 상점에 진열되는 족족 매진되는 기현상이 벌어졌다.
 그리고 이로 인해 약간의 부작용도 일어났다.
 따르르릉! 따르르릉!
"전화 받았습니다. 스카이 포레스트 사장실입니다."
 - 안녕하십니까. 현일국민학교 인용일 교장이라고 합니다. 병 우유 기부를 받을 수 있는지 문의를 드립니다.
"죄송합니다. 추가적인 기부는 아직 계획에 없어요."
 - 추가 기부가 있을 때 우리 국민학교를 꼭 고려해 주셨으면 합니다.

"사장님께 전달할게요. 전화 끊겠습니다."

종운지가 여러 국민학교로부터 오는 전화 공세에 곤욕을 치러야만 했다.

국민학교뿐만 아니라 학부모들도 전화해서 자신의 아이들에게 병 우유를 무상 공급해 달라며 떼를 쓰는 경우도 있었다.

* * *

따르르릉! 따르르릉!

전화가 끊이지 않고 울렸다.

"사장님, 전화가 끊이지를 않아요."

"이건 모두 신문보도 탓입니다."

차준후가 미간을 찌푸렸다.

1960년대에 찾아볼 수 없는 통 큰 기부와 함께 장학금을 투척한 덕이다.

못 먹고 어려운 시기 도움의 손길을 바라는 곳은 널려 있었다.

사방에서 벌 떼처럼 사람들이 달려들 수밖에 없었다.

청탁 전화로 인해 종운지가 업무를 보기 힘들 지경이었다.

"전화가 너무 많이 오네요."

사장실에서 종일 전화벨 소리를 듣고 있던 차준후도 살짝 짜증이 났다.

전화에 정신이 팔려 다른 일을 보기 어려웠다.

"사장님이 워낙에 대단한 기부를 하셨기 때문이죠."

"전화기 선 뽑으세요."

"네? 그럼 전화를 받을 수 없는데요?"

"괜찮아요. 급한 용건이 있는 사람이면 공장으로 직접 달려오겠죠."

자리에서 일어난 차준후가 직접 전화기 선을 뽑았다.

전화기 소리가 요란한 사장실이 조용해졌다.

"좋기는 한데 이렇게 해도 되는지 모르겠어요."

"사장인 제가 괜찮다고 했잖아요. 오늘 하루 받은 전화만 백 통이 넘는 것 같은데요. 그리고 끝이 아니라 계속 늘어나니까 대처할 수가 없잖아요."

"전화를 받는 건 할 수 있는데, 해 줄 수 있다는 말을 하지 못하는 게 미안했어요. 거절할 때마다 마음이 아팠죠."

여린 성격의 종운지였다.

살짝 눈이 충혈되어 있기도 했다.

"덴마크에서 배를 타고 젖소들이 추가로 들어올 예정이잖아요. 원유 생산량이 늘어나면 병 우유 기부를 늘릴 수도 있습니다."

차준후는 병 우유가 판매되지 않으면 기부 물량을 더욱 늘릴 계획을 가지고 있었다.

"그럼 청탁 온 국민학교들 목록을 참고하셔야겠네요."

"아니요. 지금 당장은 용산 지역의 국민학교들이 우선입니다. 다른 지역은 염두에 두고 있지 않으니까, 구태여 기록할 필요 없습니다."

스카이 포레스트가 위치한 용산 지역을 먼저 챙겼다.

청탁이 왔다고 지원해 줘야 해?

전국의 모든 국민학교를 챙겨 줄 수는 없는 노릇이다.

끊을 때는 확실하게 선을 그어 버렸다.

"그리고 전화기를 추가로 몇 대 설치해야겠네요."

차준후가 말했다.

"네?"

"이대로라면 전화로 인해 일을 볼 수가 없잖아요. 전화기를 따로 설치하고, 전담 직원을 따로 배치할 생갑니다. 콜센터, 아니 전화만 받는 전담 부서를 만들어야겠다는 이야기죠."

며칠 뒤, 스카이 포레스트에 대한민국 기업 최초로 전화 전담 부서가 생겨났다.

여직원 세 명이 전화를 받기 시작했다.

"스카이 포레스트 전화 전담 부서에서 전화 받았습니다."

― 차준후 사장님과 이야기를 나누고 싶습니다.

"용건을 말씀해 주시면 사장님께 전달해 드리도록 하겠습니다."

― 장학금과 병 우유 기부를 받으려면 사장님과 직접 대화를 해야 합니다.

"사장님과의 직접 통화는 불가능합니다. 전국에서 걸려 오는 전화로 인해 업무에 지장을 받고 계십니다."

― ……부산 일출중학교 아이들도 꼭 챙겨 달라고 전해 주세요.

구구절절 기부를 받아야 하는 사정을 떠들어 댄 사람이었다.

"알겠습니다."

직원이 전화기를 내려놓았다.

그리고 머릿속에서 방금 전화 내용을 싹 비워 버렸다.

청탁에 관련된 내용은 기록할 필요가 없다는 지시를 받았기 때문이었다.

따르르릉! 따르르릉!

전화기 세 대가 끊이지 않고 계속해서 울렸다.

신문보도를 접한 전국에서 전화가 오고 있기 때문이었다.

"끝도 없이 전화가 온다. 쉴 틈이 없네."

"천천히 받아. 사장님께서 모든 전화를 받을 필요는 없다고 하셨잖아."

때마침 전화기를 내려놓은 여직원이 숨을 들렸다.

"모든 전화를 친절하게 받을 수 있다고 생각했거든. 그런데 그런 생각이 엄청난 오산이었다는 걸 출근 첫날부터 깨달았어."

출근 하루도 지나지 않았는데 걸려 오는 엄청난 전화에 질려 버렸다.

"이래서 전화 전담 부서를 설치한 거겠지."

"업무를 방해할 정도로 하는 건 잘못된 거잖아."

"맞는 말이야. 그런데 그래서 우리가 일자리를 얻었으니 괜찮은 면도 있다고 봐. 스카이 포레스트에 취직하는 게 하늘의 별 따기처럼 어렵잖아. 친구에게 여기 취직했다고 말하니까, 엄청나게 부러워하더라고."

"호호호! 그렇기는 해. 전화나 잘 받아 보자고, 업무에 관련된 전화일 수도 있으니까."

전화 전담 부서의 여직원들이 즐겁게 전화를 받았다.

* * *

- 사장님, 신화백화점 서은영 부장님 오셨어요.

차준후가 연구소에서 경리의 내선전화를 받았다.

"갑니다."

하던 연구를 마치고 사장실로 향했다.

사장실에 들어서자, 소파에 앉아 있는 서은영이 웃으며 반겨 줬다.

"잘 지냈어?"

"그렇지. 너는?"

"덕분에 편하게 지내고 있어."

신화백화점의 매출은 연일 상승하고 있었다.

스카이 포레스트의 물건을 유통하고 있다는 장점과 함께 새롭게 시작한 문화강좌가 고객들의 큰 호응을 이끌어 냈다.

"해외여행은 어땠어?"

"즐거웠지."

"나도 프랑스에 갔을 때가 떠오른다. 정말 좋았었어."

차준후가 맞은편에 앉았다.

"음료는?"

"됐어."

"연락도 없이 무슨 일이야?"

"듣기로 신제품을 내놓는다면서?"

서은영이 말했다.

SF 유리 공장에서 화장품 용기를 대량 생산하고 있었고, 성형 플라스틱에서 뚜껑을 납품하면서 신제품 출시가 멀지 않았다는 말들이 퍼졌다.

예술적인 화장품 용기 디자인이 외부에 알려지면서 소란이 벌어지기도 했다.

스카이 포레스트 직원들에게 나눠 주고 SF-NO.1 체험 후기를 받기도 했다.

'보안에 더 신경을 써야겠네.'

신제품 SF-NO.1에 대한 정보 보안이 아주 엉망이었다.

회사 내부의 중요한 기밀들이 밖으로 너무나도 쉽게 흘러 나가고 있었다.

"맞아."

차준후가 인정했다.

신제품 SF-NO.1의 출시를 코앞에 두고 있었다.

특허 등록과 함께 용기 제작과 디자인 등을 완벽하게 끝마쳤다.

벌써부터 스카이 포레스트의 신제품을 납품받기 위해서 난리였다.

"납품받을 수 있을까?"

서은영이 조심스럽게 물었다.

그러면서도 예전처럼 흔쾌히 납품하겠다는 말을 들을 거라고 예상했다.

"이번에는 납품이 어려워."

차준후가 담담하게 이야기했다.

전혀 예상하지 못한 이야기에 서은영의 얼굴이 딱딱하게 굳어 버렸다.

"이유가 뭐야?"

목소리가 떨렸다.

당황한 속마음을 내비치지 않으려고 했지만 안정이 안 됐다.

"신화백화점이 납품 기준을 맞추지 못하기 때문이야."

"납품 기준?"

"신제품 SF-NO.1은 세계 최초로 주름 개선 기능을 가진 화장품이야. 화려하면서도 제대로 된 상점에서만 팔 생각이지."

차준후가 분명하게 선을 그었다.

사실 지금껏 친구라고 해서 알게 모르게 많은 배려를 해 줬다.

조금 발전을 했지만 신화백화점은 그의 기준을 넘지 못했다.

"……."

잠시 말을 내뱉지 못할 정도로 서은영이 큰 충격을 받았다.

백화점 서열 3위라고 하지만 어느 누구에게도 무시를 받지 않았다.

그런데 친한 친구라고 여기고 있는 차준후에게 면전에

서 신화백화점이 떨어진다는 이야기를 들었다.

믿고 싶지 않은 현실이었다.

"기준이 어느 정도야?"

그녀의 목소리가 여전히 떨렸다.

"최소한 유럽 백화점 정도는 되어야지."

지금껏 신화백화점에 납품한 화장품들은 차준후의 기준에서 아주 기초적인 물품들이었다. 그래서 인연이 있기에 기꺼이 납품한 것이다.

그러나 SF-NO.1은 아니다.

격에 맞지 않으면 납품하지 않는다.

"기준을 충족하면 납품이 가능해?"

"그때는 상황을 봐야겠지. 백화점에는 한 곳이나 두 곳에만 납품할 생각이야."

명품은 아무 곳에나 손을 내밀지 않는다.

납품해야 할 백화점들도 꼼꼼하게 따져 가면서 선택한다.

갑은 돈을 주면서 구입하는 백화점이 아니라 생산하는 스카이 포레스트다.

기준을 충족한다고 해도, 늦어 버리면 신화백화점에는 기회가 없다.

"간택을 받기 위해 난리가 나겠네."

"난리?"

차준후가 어리둥절한 표정을 지었다.

"기준을 충족하면 SF-NO.1을 납품한다는 소문이 백화점 업계에 퍼지면 말이야."

창천백화점과 대현백화점은 저번 론도그룹 사건 이후로 스카이 포레스트와 뜨뜻미지근한 사이를 이어 오고 있었다.

그러나 시장에서 영원한 친구나 적은 없다.

이득을 볼 수 있다면 언제든지 태도를 바꿀 수 있다.

세계 최초!

주름 개선 기능성 화장품!

벌써부터 파급력이 장난이 아니다.

"제대로 된 납품처를 원하는 거야."

차준후는 격이 맞는 곳에만 SF-NO.1을 제공할 계획이다.

돈으로 밀어붙인다고?

SF-NO.1은 돈을 줘도 제공 못 한다.

기준을 통과하는 게 먼저다.

"황당하네."

"그렇게 생각할 수도 있겠지. 그런데 외국의 물건을 들여오면서 경험해 보지 않았어?"

"수입품인 경우에는 있었지. 그러나 국내 생산품에 당하는 건 처음이야."

"SF-NO.1은 세계적 최초의 상품이야. 어울리는 대우를 받아야지."

차준후가 뜻을 굽히지 않았다.

"유럽백화점처럼 분위기를 내려면 얼마나 많은 돈을 들여야 할지 모르겠네."

"노력해야지. 신화백화점은 너무 낙후되어 있어. 돈을 벌었으면 과감하게 투자를 해야 한다고 봐."

"이대로 돌아가면 내 입장이 참 난처해지겠네."

서은영이 곤혹스러워했다.

그녀의 아버지와 백화점 사람들은 이번에도 납품을 받을 수 있을 거라 생각하고 있었다.

계약금을 두둑하게 챙겨 왔는데, 현금을 꺼낼 수조차 없었다.

"호의를 권리로 생각하면 곤란해."

차준후가 서늘하게 말했다.

신화백화점보다 살나가는 칭친괴 대헌 두 곳에도 물건들을 납품하지 않았다.

친구였기에 분명하게 배려해 줬다.

그 은혜를 몰라보면 더 이상 대우해 줄 필요가 없다.

"지금까지 대우해 줬다는 걸 알아. 그냥 내 처지가 그랬다는 말이야."

황급히 변명을 늘어놓는 서은영이다.

친한 관계였기에 편하게 말했을 뿐인데…….
차준후가 다르게 받아 들을 여지가 충분했다.
경솔했다.
무척 놀라서 심장이 요란하게 뛰었다.
살짝 몸을 떨었다.
"미안해. 그런 의도는 아니었어."
"알고 있어. 하지만 편안한 관계라고 해서 쉽게 말하는 건 반성해야만 해."
차준후가 업무 관계에서 제대로 하지 못하는 걸 지적했다.
결국 모든 손해는 당사자에게로 돌아가기 마련이다.
서은영의 마음속에서 점점 바로 앞의 차준후와 친근하다는 감정보다 사업관계로 만났다는 사실감이 커졌다. 그리고 자신을 대하는 언행에서 아직까지 기회가 남아 있다고 여겼다.
"기준을 맞추면 납품해 줄 수 있어?"
그녀가 조심스럽게 물었다.
"늦지 않으면 가능하지."
차준후가 고개를 끄덕였다.
"해 볼게."
서은영이 주먹을 꼭 쥐었다.
무조건 이 문제를 해결할 생각이다.

"지금 보기에는 많은 투자를 해서 손해일지 몰라도 먼 훗날을 생각해 보면 이득이라는 사실을 깨달을 수 있을 거야."

차준후가 투자 이유를 설명해 줬다.

앞으로 어떻게 하느냐에 따라 신화백화점의 미래와 백화점 서열이 바뀔 수 있었다.

큰 믿음을 주는 이야기에 서은영이 집중했다.

'어떻게든 납품 기준을 만족시켜야 해. 그래야 신화백화점이 위로 올라설 수 있어.'

그녀는 이번 기회를 잡아야 한다는 걸 알았다.

놀랄만한 속도로 세계를 향해 돌진해 가는 스카이 포레스트다.

내달리는 스카이 포레스트의 보폭을 맞추지 못한다면?

다른 백화점들에 치이고 있는 신화백화점의 미래가 암울하다.

(내가 제일 잘나가는 재벌이다 4권에서 계속)

환상이 숨쉬는 공간 파피루스 blog.naver.com/gnpdl7

『아카데미 학생회장으로 살아남는 법』

아카데미 최악의 개망나니 로엔 드발리스
이 빌어먹을 시한부 빌런의 몸에 빙의했다

[아카데미 유니온의 총학생회장직을 졸업까지 유지하십시오.]

역대급 악명을 쌓은 게임 속 캐릭터
모두가 자신이 없어서 포기한 직책
이권 다툼으로 치열하게 다투는 아카데미

단순하면서도 매우 어려운 클리어 조건

'……그렇다고 해도 못 할 건 아니지.'

비밀이 잠든 잠재력 풍부한 육체
고인물로서의 게임 지식과 경험

대륙 역사에 길이 남을 학생회장의 이야기가 시작된다!

아카데미 학생회장으로 살아남는 법

카카오늄스 판타지 장편소설